# DAS HÖFLICHE GESPENST

## SOPHIE ALBRECHT

Herausgeber: Culturea (34, Hérault)
Druck: BOD - In de Tarpen 42, Norderstedt (Deutschland)
Website: http://culturea.fr
Kontakt: infos@culturea.fr
ISBN:9791041948970
Veröffentlichungsdatum: FEBRUAR 2023
Layout und Design: https://reedsy.com/
Dieses Buch wurde mit der Schriftart Bauer Bodoni gesetzt.

ER WIRT MIR GEBEN

## *VORREDE*

Für Seelen, die irgend ein Verhältniß in ihrer irrdischen Laufbahn in die Vorzeit zurückzieht, die nicht ganz dem Loose entsprechen können, welches ihnen hier zu Theile wurde, ist dieses geschrieben.

Wenn der Kunstrichter, wenn der aufgeklärtere Freygeist es Schwärmerey nennt, so bedenke er, daß unter den Millionen, die um ihn weben, Millionen eben so freye Wesen sind, die ein selbstständiges Ich eben so gut wie er ausmachen, und deren Meynung, deren innere Gefühle er weder zu beurtheilen noch zu lenken berechtiget ist. Mit mir Fühlende werden es nicht so finden, werden den Geist, der in diesen Blättern liegt, entdecken, und Nahrung für Gefühle darin finden, die, wenn andre sie nicht kennen, gerade den größten Werth für den besitzen, dem sie Bedürfniß sind.

## DAS HÖFLICHE GESPENST

Wenn wir die Zeiten der Vergangenheit überdenken, und uns ihre blutigen Schlachten, ihre fürchterlichen Kriege Schaudern erregen, so verweilt unsere bebende Fantasie mehrentheils bey brennenden Städten, öden Landstrichen, und unter der grauenvollen Stille todtenreicher Gefilde. – Ach! schrecklich ist dieses Gemählde, und ganz des Schmerzes werth, den gewiß jedes Menschen Herz dabey empfindet. Wir vergessen unter dem schrecklichen Geräusch der Waffen; wir hören vor dem Röcheln der Sterbenden nicht das doppelte Sterben derer, die um die lieben nie Wiederkehrenden jammern, fern von der Erde, die ihr Blut trank – ach! wie viel glücklicher sind sie zu nennen, die im Getümmel des donnernden Geschützes sanken, gegen die, welche zwischen Furcht und Hoffnung mit schmerzlichem Herzklopfen die Todespost tausendmahl hören – die sie, wenn sie nun endlich kömmt, doch so ganz unerwartet niederwirft!

Wie viel unaussprechlich heiße Thränen netzten die Wahlstatt des dreißigjährigen Krieges? Wie viel Söhne, die letzte Stütze sinkender Mütter – wie viel Gatten der liebenden Weiber – wie viel Väter derer ohne sie dem Hunger und Verderben überlassenen Kinder würgte das fürchterliche Schwerd, welches so viele Jahre wüthete? Wir lesen die Gräuel dieses Kriegs, staunen den großen blutigen Umriß an, den sein Elend zog – aber wir sehen nur Leichen und Verhehrung – die Thränen, den Jammer der Unglücklichen, die die Gefallenen überleben mußten, wo das kalte Schwerd des Feindes die schönsten Bänder von Lieb und Freundschaft, Dankbarkeit und süßer Anhänglichkeit zerschnitt – die Klagen derer werden für der lauten Wuth des Ungeheuers nicht gehört – hier und da trägt die Sage wohl noch einen Nahmen der überbliebenen Bedaurungswürdigen; aber erst dann fing man an, in ihre Leiden zu weinen, wann ihre Thränen schon lange von der Hand des Todes getrocknet waren, sie in der kühlen Erde ihren heisen Jammer vergessen hatten; und oft muß noch dieses Andenken durch jene oder diese Sage, weit ferner unserm Herzen liegend, aus der dunkeln Vergangenheit gerufen werden. Auch diese kleine Geschichte, welche wir heute unsern Lesern erzählen wollen, ist ein Beweis, daß die herzlichsten Gefühle, die Nahmen der weichgeschaffnen Menschen oft nur darum nach Jahrhunderten genannt werden, weil sie sich an eine wundervolle Legende schmiegen, die mehr unsere Fantasie als unser Herz beschäftigt.

Katharina von Hartig, eine Anverwandte des großen Grafen von Turn, verlor ihren Verlobten, einen Freyherrn von Lichten, in jenen blutigen Tagen, die Prag sah; er starb unter den Fahnen des alten Turns, und dieser große Mann, gewohnt an Tod und Thränen der Überbliebenen, mußte selbst sich vorbereiten, um die schonendsten Worte zu wählen, seiner Verwandten den Tod, den rühmlichen Tod für Freyheit ihres Verlobten, zu verkünden. Er wußte, so wie der ganze große Cirkel, in dem sie ihrem Range gemäß lebte, daß Katharina nur in Lichten athmete, und sein letztes Gebet nannte Katharina. Schwerer war es dem liebenden Helden, von ihr zu scheiden, als von einer Welt, die ihm alle ihre Freuden bot. – Wie lange die Bedauernswürdige im dumpfen Bewußtseyn brütete, welche Tröstungen stark genug waren, ein längeres Leben zu ertragen, ist uns unbekannt: ihr Entschluß zeigt, daß die liebe Trauernde ihren Schmerz liebgewann, daß vermuthlich der Gedanke einer endlichen Wiedervereinigung in Fluren voll Ruhe, wo kein Blut, keine Thräne mehr fließt, ihr schönster Tröster ward.

Vielleicht vermuthen manche meiner Leser, wenn sie an diese Stelle kommen, daß Katharina den Schleyer wählte, weil ein Kloster zu damaligen Zeiten gewöhnlich der Zufluchtsort so mancher Leidenden wurde, aber Katharinens Schmerz, sagt unsere Urkunde, war nicht von jener stillen Art, der sich im Kloster verweint. Die einzige Linderung ihrer Leiden gab ihr der Gedanke an ermüdende Spaziergänge – ihr war das große Prag zu enge, wie hätte sie in einem Kloster ausdauern können? Als Nonne war es Pflicht, ihre irrdische Liebe Gott zu opfern, und eben das Lieben dieser Liebe war ihr mehr, als der Gedanke des ewigen Himmels. Ihre kranke Seele suchte Mitgefühl – heischte Thränen – wollte hören, daß alles, was um sie athmete, ihren Verlust empfinden sollte. Wie hätte sie sich in kalte Mauern verschließen können, wo so selten warme Herzen schlagen? Ihre liebende Fantasie hörte in den Wellen der Moldau Klage um ihren Verlust – die Abendlüfte in den Wäldern nannten ihr den lieben Verstorbenen – jede Grille war ihr verwaist, wie sie – trauerte, wie sie – und das melancholische Lied des kleinsten Vogels sang das Grablied ihrer Liebe. Katharina warf sich an den Busen der immer gütigen tröstenden Natur. – In ihrem stillen Schoß, in ihrem freyen Heiligthum fand auch sie eine Art wehmüthiger Ruhe. Längst moderte Lichten, längst waren viele von seinen Nachfolgern ein Raub der Verwesung – viel Wittwen weinten – viel Wittwen trösteten sich am Arm neuer Geliebten und wir finden unsere Heldin eben erst stark genug, ihren Freunden den Entschluß, Prag auf lange zu verlassen, bekannt zu machen. Nur wenig fühlende dieser Freunde waren klug genug, ihren Entschluß zu billigen – die größere Anzahl nannte ihn überspannt – Schwärmerey – und es wurde mancher Gemeinspruch, als: sie ist nicht die erste, und nicht die letzte, welche einen Todten beweint; oder: man muß nicht muthwillig die lindernde Zerstreuung von sich stoßen – die Lebendigen sind besser, als die Todten – hin ist hin – und was dergleichen liebe anwendbare Sprüchleins sind, abgehandelt. Am meisten war Katharina dem Achselzucken und Spötteln derer ausgesetzt, die sich in weit kürzerer Zeit, als sie, über den blutigen Tod ihrer Männer und Geliebten getröstet, ob sie gleich in den ersten Tagen ihres Verlustes lauter geweint und betheuert hatten, daß für sie Himmel und Erde keinen Trost hätte. Die stille, kluge, wirklich Betrübte, ließ sie reden, und ihr Spott fand keinen Eingang in ihr Herz, das ganz mit ihrer Trauer erfüllt war, sie dankte ihren bessern Freunden für den Beifall, welchen sie ihrem Plane gaben, verkaufte alles, was sie in Prag besaß, und entließ ihre Dienerschaft, bis aufeinige wenige, mit reichen Geschenken, weil sie keine in ihre Einsamkeit mitnehmen wollte, die nicht für Mitleid und Stille geschaffen schienen. Einige Stunden vor ihrer Abreise nahm sie Abschied von wenigen Freunden, und trug ihrem gewesenen Haushofmeister auf, sein letztes Amt zu verrichten, welches darin bestand, daß er einige Stunden nach ihrer Abreise allen Bekannten ihren Abschied mit dem gewöhnlichen Wörterschmuck der Höflichkeit melden sollte.

Katharine schien freyer zu athmen, als sie die hohen dumpfen Mauern des unruhigen, seit kurzem mit so viel vergoßnem Blut befleckten Prags verlies. – Sie sah die grüne Saat, und ein Blick voll Hoffnung hing an dem blauen wolkenlosen Himmel; dort fand sie ihn wieder – sie hörte süße Ahndung des baldigen Wiedersehns in den wehenden Zweigen jede schmeichelnde Luft, die ihren verweinten Augen wohl that, war ihr das Schweben ihres Geschiedenen. So mischte die sanfte Schwärmerin Zukunft und Gegenwart, Jenseits und Hier, geistiges und Körpergefühl, so fein, so lieblich, daß ihr Zustand erträglich wurde, und ihr wieder Augenblicke ließ, wo sie auch diese blumigten Erdenfluren schön nannte. Freylich waren es nur Augenblicke, und selten waren auch diese, denn bey jeder Blüthe preste ihr das Bewußtseyn Thränen aus: er gab mir einst schönere Blumen, denn er pflückte sie für mich; jede romantische Stelle wurde ihr durch das Gefühl melancholisch: Wie wären wir hier glücklich gewesen! Die junge Sonne erinnerte sie an die schönen Morgen, mit ihm bewundert, und in der Abendröthe dachte sie oft an das blutige Bett, auf dem er starb, der ihr sonst die Natur verschönte.

Wenige Meilen von Prag, in einer stillen, waldigen Gegend am Ufer der Moldau, lag ein kleines Landhaus, welches in den glücklichen Tagen unserer Katharine selten besucht wurde; eine alte freudenlose Tante hatte es ihr nach ihrem Tode geschenkt, weil das gute theilnehmende Mädchen oft Monate ihrer jugendlichen Freuden, die grämlichen Tage der alten Kranken zu erheitern, verschwendete. – Sie starb, und kaum wußte sie ihre Nichte im Schooß der ruhigen Erde, so übergab sie ihr kleines Eigenthum dem ersten besten Pachter, und eilte von einem Orte, der ihr von nichts als tiefer unangenehmer Stille und Langeweile sprach. – Ach! sie wußte nicht, daß sie einstens so sehr elend werden könnte, daß ihr von der ganzen lachenden Welt nichts übrig bleiben sollte, als dieser öde Winkel, wo sie ungestört weinen dürfte: – hier wußte sie gewiß, kömmt kein Glücklicher hin – und hier spricht keine Stelle von einer lächelnden Zeit. – Ihre Tage gingen ihr ziemlich ruhig dahin, denn die Scenen der Natur wurden ihre sanften Tröster. Ihre Harfe, ihre Bücher, Besuche in der nahen Kapelle, und die wenigen Briefe, welche sie ihren Freunden beantworten mußte, füllten ihre Stunden.

Wurde es ihr zu enge in ihren Mauern, da nahm sie ihren Schleyer, und machte oft stundenlange Spaziergänge, um ihren Schmerz durch Müdigkeit abzustumpfen. In diesem Mittel lag ihr fast immer Heilung. – Die Wolken flohen vorüber, und lichte Sterne kündigten ihr die Heimath ihres Lieben an – die Moldau wallte Wellen auf Wellen, und sie fühlte: auch deine Tage gehen schnell vorüber! Die Blumen welkten, um jungen Knospen Platz zu machen, und sie rief sich auch zu: wir werden auferstehen in junger Schöne! Selten kam Katharine ungetröstet zurück von ihren Wallfahrten, und nach einigen Monaten trug ihr Schmerz das milde Gewand einer sanften Schwermuth, einer lieben Sehnsucht, die nicht ohne Hoffnung weinte.

Die herbstliche Sonne machte schon kurze Tagereisen, und Katharinens Einsamkeit wurde durch nichts unterbrochen, als zuweilen durch einen Besuch in einigen benachbarten Frauenklöstern, wohin sie ging, theils um ihre Andacht zu pflegen, oder auch Verwandte heimzusuchen, die ihr diese Besuche zur Pflicht machten, weil sie glaubten, ihre Schwermuth durch heilige Gespräche zu zerstreuen; doch auch ihr Herz hatte einigen Theil daran. In dem alten berühmten Klarenkloster, von welchem wir jetzt nur noch die Stätte nennen können, lebte eine schon bejahrte Nonne, Fräulein Walburgis von Hartig, Tante unserer Einsiedlerin, ein fühlendes Weib, edel und gut, ganz zur Trösterin für Leidende geschaffen. – Katharine weinte gern an ihrem Busen, denn auch Walburgis hatte der Liebe heiße Thränen gezollt – auch ihr war das Grab ihres Bräutigams die Scheidewand zwischen ihr und der Welt geworden. Menschen, die nach dem gewöhnlichen Tone zu trösten suchten, und nebenbey in diesem Trost ihre eigennützigen Absichten befriedigten, brachten sie in den Stunden gänzlicher Bewußtloßigkeit ins Kloster, und als sie Stärke genug wieder fühlte, einen Entschluß zu fassen, wie Katharine, war es zu spät. Gewohnheit und das nahende Alter machten ihr jetzt das Kloster lieb, und nur Katharinens Bitte, sie zuweilen zu besuchen, konnte sie vermögen, die Erlaubniß ihrer Oberin anzunehmen, ihre schöne Muhme zuweilen auch außer dem Kloster zu sehn. – Doch wurden in den Tagen ihre Spaziergänge nicht so oft besucht, als wenn sie allein war, Walburgis schien an den stillen dunkeln Waldungen – an dem einsamen Uferwege wenig oder gar keinen Geschmack zu finden; – und sonderlich eilte sie mit Ängstlichkeit dem Hause zu, sobald die Dämmerung die Gegend nach Katharinens Gefühl erst traulich und anziehend werden ließ. Selbst Mondnächte, die lieblichsten für süße Schwermuth, konnte sie in Walburgis' Gesellschaft nur von dem hohen Altan genießen. – Katharine schrieb diese scheue Bangigkeit, mit der ihre Freundin nach dem geselligen Hause eilte, klösterlicher Furchtsamkeit zu, und versicherte ihr oft, daß hier seit Menschen Besinnen keine Räuber gesehn, und daß die übrige Männerwelt für diese Stille verbannt wäre. – Walburgis fragte sie mehr als einmahl mit ängstlichen Blicken, die bey jedem Geräusch umher irrten: ob sie sich wirklich so ganz allein in dieser Gegend glaubte? ob sie keine Spur von Nachbarschaft hätte? »Keine, liebe Tante!« erwiederte Katharine. – »Du kennst ja so gut wie ich die wenigen Klöster und die wenigen Bewohner. Diese ausgenommen, besucht kein Wesen außer mir diese tiefe Stille – es müßten denn die Geister derer seyn, die sie einstens, wie ich, zum Schauplatz ihrer Thränen machten.«

Wie verstehst du das, Kätgen? rief Walburgis, bleich wie ihr Schleyer, und bebend an allen Gliedern: Hast du etwas bemerkt? Komm, laß uns eilen! Hier, just hier ist nicht gut weilen. Sieh, der Abend grenzt schon an die Nacht.

Katharine drang vergebens in die Nonne, ihr zu sagen, was sie veranlaßt hätte, ihr jene liebliche Krümmung der Moldau, wo sie so gern unter den dichten Schatten der hohen Eichen weilte, verdächtig zu machen? Walburgis fragte nur, und beantwortete keine ihrer Fragen.

Du bist also oft dort, wenn die Sonne untergeht? Sehr oft, und allein?

»Ganz allein, doch zuweilen begleitet mich auch meine Oda, aber dann bleib ich gewiß, bis es tief Nacht wird.«

Und du hattest nie Schreck?

»Nie! – Was sollte mich denn dort schrecken, wo alles so freundlich ist?«

Nun ich meine nur, wenn dir dort jemand begegnete etwa im ungewissen Mondlicht; da, du weißt ja, hilft unsre Fantasie oft etwas fürchterlich mahlen, was bey traulichem hellen Tageslicht nur Bäume und Felsen sind – ich rieth dir doch, deine Abendgänge einzustellen, besonders die ganz allein; deine Nerven hat der Kummer geschwächt, wie leicht könnte dir etwas zustoßen.

»Und was sollte das seyn? Wie gesagt, wilde Thiere giebt's nicht, und Menschen sah ich nicht hier.«

Liebe! du kennst vielleicht deine ganze Nachbarschaft noch nicht – und so eine unvermuthete Bekanntschaft würde dir auf alle Fälle nicht angenehm seyn.

»Aber wo sollte sich diese Nachbarschaft wohl aufhalten? ich kenne ja die kleinste Jägerhütte; und wenn sie nicht in der Marien-Kapelle wohnte, wüßte ich ihr kein Obdach zu denken.«

In der Marien-Kapelle? schrie die Nonne schaudernd: welche Bewohnerin meinst du? Ist dir etwas kund worden?

»Nichts, gar nichts, Liebe! Heilge Clara, wie kann dir dieses so auffallen?«

Vergieb mir, Liebe, es ist das erstemahl nach vielen Monden, daß mir eine Art Scherz entschlüpfte, der mir ja fremd seyn sollte, und ich sehe meinen Leichtsinn durch deinen Schreck bestraft; nichts, gar nichts ist mir kund, was könnte mir denn kund seyn, was?

Walburgis brach kurz dieses und jedes ähnliche Gespräch ab, und zeigte nach einigen Tagen so viel Mißbehagen an der ganzen Gegend, daß Katharina ihrem Abschied weniger ängstlich entgegen sah, denn sie verlor durch sie alle ihre nächtlichen lieben Spaziergänge. Nach ihrer Abreise war die Furcht der Klosterfrau, für die Dämmerung und den einsamen Wallfahrten, oft der Inhalt des Gesprächs der furchtlosen Katharine und ihrer Oda. Erstre schrieb all ihr ängstliches Wesen dem scheuen Klosterzwang zu, aber Oda wollte mehr dem Hang der Nonnen zu Sagen und Mährgens von Räubern und Geistern, die vielleicht nach den Grillen der Klöster hier hauseten, ihr ganzes räthselvolles Benehmen zuschreiben. Die Gegend, welche Walburgis am meisten floh, wurde aufmerksamer von unsern Einsiedlerinnen betrachtet – bey jeder neuen Untersuchung fanden sie neue Reize, und eh der Wind des späten Herbstes wehte, hatte diese stille, sanfte, Melancholie gebende Stelle so viel Interesse für unsere Trauernde, daß beschlossen wurde, sie durch ein kleines Monument zu ehren, welches sie dem Andenken ihres Lichten in dieser Gegend versprochen hatte. – Die immer rauhere Witterung hielt sie nicht ab, noch vor dem völlig eintretenden Winter den Grundstein mit thränenvoller Andacht zu legen – Geld und guter Wille macht alles möglich. Katharine konnte hoffen, schon am Weihnachtsvorabend ihr erstes Thränenopfer bey der theuren Urne zu bringen; dieses war der Jahrestag ihres unersetzlichen Verlustes, und wurde von ihr allemal einsam gefeyert. – Einfach und edel wie ihr Gefühl, war das Denkmahl ihrer Liebe, ein Hügel, den tausend süßduftende Blumen bedeckten, beschattet von den hohen schaudererregenden Eichen, die durch ihre Hand sich jetzt mit hangenden Trauerweiden und immer grünenden Tannen, ein Bild ihrer Hoffnung, vermischten, umschlossen die heilige Stille, die kein Geräusch unterbrach, als das ernste Wogen der Moldau, und ihr Gebet. – Den Hügel zierte eine Urne von schwarzem Marmor; im Arm der Hoffnung, die sich an die Urne lehnte, lag der Genius des Todes, dem Katharine die sanften schönen Züge ihres Lichten hatte geben lassen; ein Blick der lächelnden Hoffnung in das Gewölke des Himmels, war das, was Katharine dachte, und ihr den Weg der einsamen Gänge des Lebens ebnete. Diese bittersüße Beschäftigung nahm ihr manche Stunde, denn bey jedem Baum, der gepflanzt wurde, bey jedem Rasenstück, welches den Hügel wölbte, mußte sie ja ihre Hand anlegen. – Hier wurde in den mildern Tagen durch Wind und Schnee gegangen, um ihr Gebet zu halten; waren die Werkleute in der Nähe, so geschah dieses in der nahen Marien-Kapelle, denn Katharine wollte nicht gestört seyn – sie ging nicht zum Beten, weil sie beten mußte, oder es eine feine äußerliche Zucht sey, mit gefalteten Händen und frommen Augenaufschlagen, daß uns die Leute sehn, und sprechen: sieh da, eine fromme Jungfrau! – sondern sie betete aus wahrem Herzen, das sich glücklicher fühlte, wenn sie es an heiliger Stätte Gott sagen konnte, daß sie sein Kind sey. – Auch hier in der fast zerstörten Marienkapelle hatte sie Augenblicke, die sie nicht alle dem Gebet weihte – andere Betrachtung führte ihre Fantasie vor ihre Seele; Gedanken der Vergangenheit wurden hier lebhafter – und das Bewußtseyn der Ruhe um die modernden Gebeine, die hier schliefen – und das Gefühl, auch die weinen längst nicht mehr, deren Thränen um diese Toden flossen – diese Gedanken führten auch ihr den Tag, den gewissen endlichen Tag, wo auch sie keinen Verstorbenen mehr betrauern würde, vor den Blick ihres Geistes.

Die kleine Kirche, von der wir reden, lag nahe am Walde, und wurde wenig besucht. Sie gehörte der alten böhmischen Familie derer von Duba, ihr Stammhaus lag etwa eine Stunde davon, hinterm Walde, wurde jetzt schon seit fünfzig Jahren nur vom Beamten bewohnt, und auf dessen Unterhaltung so wenig, als auf diese Kapelle, verwendet, die das Familienbegräbniß derer von Duba enthielt. – Katharine, die gern unter Trümmern der Vorzeit ging, und gelehrt genug war, alte Inschriften zu entziffern, las viele Nahmen, und ein mitleidiges Lächeln schimmerte manchmahl durch ihre Thränen, wenn ihr die hochtönenden Titel sagten, wie man einstens die bleiche Asche nannte, die diese oder jene halb verfallne Gruft umschloß. – Ein Schwibbogen an der linken Seite, der einzeln stand, und dessen fester, künstlicher in einander greifender Stein fast noch unversehrt war, reizte Katharinens Neugier mehr, als die ändern Gewölbe – nicht seiner Verzierung wegen, womit er überladen war; auf allen möglich anzubringenden Stellen hob sich das gräfliche Wappen; Engel weinten und hüllten sich in Flor, doch war recht ängstlich gesorgt, daß kein Schnörkel des stolzen Wappens oder der prahlenden Inschriften verdeckt wurde. Diese Inschriften, viele von der Hand der nichtsschonenden Zeit verwischt, sagten dem Leser, daß hier ein Urbild der Schönheit, daß hier der Stolz der ganzen Landschaft, der Wunsch aller Ritter, daß die reichste Erbin, die Braut eines Fürsten, im Arm des Todes schliefe, der dem Leben seinen schönsten Reiz raubte, um die Verwesung reizender als das Leben selbst zu machen. – Fürstenhüte, Diademe und traurende Genien des Talents, der Jugend und Größe umkränzten diese Schmeicheleyen. Die Hand der Unsterblichkeit hielt endlich die Tafel, welche den stolzen Nahmen Ida von Duba trug.

Katharine, die für einfache Schönheit so viel Empfindung hatte, würde sich bey diesem Grabe wenig aufgehalten haben, wenn sie nicht die Betrachtung oft dorthin geführt hätte: wer wohl diese Schmeicheleyen, kälter, als der Marmor, der sie trug, der Todten eingegraben hätte? – Da war keiner und keine genannt – von keinen Thränen – von keiner Klage liebender Ältern – eines traurenden Geliebten – oder verlaßner Freunde. – Die Gruft war nur für eine Leiche gebaut, und wenn dieses auch nicht die Bauart verrathen, so zeigte es ein lateinischer Vers, welcher sich an der Kuppel befand, und dessen Inhalt war, daß sich die Verstorbene durch ein nahmhaftes Kapital das Recht erkauft hätte, hier ewig allein zu liegen. – Katharine wandte sich unwillig von dem Denkmal des Hochmuths, oder der Schlafstätte der jungen Menschenhasserin – und doch hatte diese Gruft so viel Anziehendes für unsre Heldin, daß, ob sie sich gleich vornahm, das prahlende Grab nicht mehr zu besuchen, sie bey dem nächsten Besuch in der Kapelle wieder an seiner Marmorpforte stand. Sie kannte in kurzem die ganze Sippschaft Duba; in einiger Entfernung lagen ihre Ältern; auf der Tafel, welche das Grab der Mutter deckte, gaben die Worte: Marie, Gräfin von Duba, die unglücklichste Mutter! Katharinen neue Betrachtung. Unglücklichste Mutter! rief sie mit einem Seitenblick nach Ida's Gruft, und doch steht hier kein Wort ihrer Trauer über der Leiche ihrer Tochter, die, wie diese Steine erzählen, die ganze Welt beweinte. Doch, wie konnte sie das? Die Jahrzahl nennt ihren Tod früher, als dieses Grab seinen Schmuck erhielt. – Unglücklichste Mutter! ihre geliebten Kinder gingen ihr ins Land der Ruhe voran, sie verließ nur kalte Herzen. Diese Zeilen, welche halb zerbrochen eine Säule umwanden, die die einzige Zierde dieses Grabes war, gaben Katharinens Neugier neuen Stoff, mehr von dieser Familie zu wissen. – Doch die eingestürzten Grüfte, Trümmern der Monumente, nicht von so theurem Stein, wie die drey näher liegenden

Gräber von Vater, Mutter und Tochter, ließen ihr kaum noch so viel wissen, daß die Bewohnerin der prächtigen Gruft noch einige Schwestern und Brüder gehabt habe, die alle vor ihrer Mutter gestorben, weil eben dieser Mutter Nahme mit einigen rührenden Worten Abschied von diesen ihren lieben Kindern nahm. Noch einige Trümmern mit halben und einzelnen Worten gaben unserer Forscherin die Muthmaßung, daß diese Mutter, eine geborne von Mersi, zwey Männer gehabt habe, die aber beyde Grafen von Duba waren, und mit dem letzten nur Ida gezeugt hatte, als die übrigen hier liegenden Grafen und Gräfinnen schon erwachsen waren.

Katharine erkundigte sich oft in Stunden, wo sie sich weniger mit ihrem Herzen beschäftigte, nach der dort ruhenden Familie – aber alles, was sie und ihre Oda erfahren konnte, war fast nicht mehr, als sie schon wußte; die einfältigen Dorfbewohner hatten sich schon seit vielen Jahren eine andre Kapelle zu ihrer Andacht gewählt, und ihnen war die einst so reiche Marien-Kapelle ganz fremd worden. Die Klöster, welche Katharine zuweilen besuchte, schienen eben so wenig davon zu wissen, und es war, als wenn alle Klosterfrauen, die Katharine um die ihr interessant gewordene Kirche fragte, absichtlich, so wie einst ihre Walburgis, das Gespräch, was sich auf jene Kapelle bezog, abbrachen. Alles, was Katharine durch mühsames zehnmal angeknüpftes Gespräch erfahren konnte, war, daß die Einkünfte dieser kleinen Kirche, die sich fast alle von der hier ruhenden Familie herschrieben, schon seit vielen Jahren dem neu erbauten Claren-Kloster zugewendet wären, wo auch jetzt das gräfliche Begräbniß sich befinde. Die Grüfte wären vermauert, und man würde vielleicht schon das Ganze niedergerissen haben, wenn nicht ein ewiges Gestifte, welches keine Macht lösen könnte, die Chor-Herren in dem Franziskaner-Kloster vom Berge verpflichtete, am ersten Osterfeyertage Messe an dem reichen Grabe zu halten.

»Eben dieses reiche Grab«, fiel Katharina der erzählenden Nonne ein – »zu welchem vermuthlich mein Marmorschwibbogen führt, ist es, was meine Wißbegierde reizt – warum dieses Fräulein so prächtig begraben, warum mit dem wunderbaren Rechte, hier bis am letzten Tag der Welt allein zu liegen? – O! ehrwürdige Frau, Ihr würdet mich sehr verbinden, wenn Ihr mir nähere Auskunft geben könntet. – Dieses Grab ist mir zuwider, denn es sucht selbst der alles gleichmachenden Verwesung noch einen abgeschmackten Stempel von Vorzug aufzudrücken, der so widrig läßt, wie die Schminke an einer Leiche – und doch hat es ein unnennbares Interesse für meine Forschbegierde.«

Die Nonne schwieg mit dem gewöhnlichen bedenklichen Blick, welchen alle bey dieser von Katharina oft wiederholten Frage hatten, und meinte, die Geheimnisse der Toden wären oft nicht ohne Gefahr zu verrathen, auch wenn sie was wüßte, so würde und dürfte sie hier nicht reden, was ja ohnedem nichts hülfe – also die gewöhnlichen Ausreden. Das Gespräch nahm die Wendung wie allemal. Die Nonne fragte, ob sie wirklich nichts wisse? ob, und um welche Zeit sie diese öde Gegend heimsuchte, und endlich der Rath, lieber in einer mehr besuchten Kapelle zu beten, als hier, wo uns Tod und Verwesung zu gräßlich begegnete, als daß man seine Nähe wünschen könnte, welches ja doch jedem Christen obliege. – Alles, was Katharine durch ähnliche Fragen gewinnen konnte, waren einzelne Bruchstücke von Sagen, daß jenes Fräulein, die Bewohnerin des sogenannten reichen Grabes, so reich und stolz gewesen wäre, daß sie sich mit vollem Schmuck beerdigen lassen, und es von Rom aus erkauft hätte, daß selbst ihr Staub noch mit den Edelsteinen vermischt liegen dürfte. Bann und eine undurchdringliche Wache von mächtigen Geistern halte jeden Räuber zurück, sich der hier liegenden Schätze zu bemächtigen, und seit undenklichen Jahren wären nur zwey Frevler so kühn gewesen, sich an die Arbeit zu wagen, hier zu stehlen, wären aber gelähmt den andern Morgen an der Pforte gefunden worden, und hätten kaum noch so lange gelebt, ihren Vorsatz zu beichten.

Katharine, die aufgeklärte Katharine, lächelte zu den Künsten der sich sogar der Todten versichernden Priester, und wähnte, daß auf jeden Fall jene Gruft mehr decken möchte, als eine wunderliche Todte; es war ja schon mehr geschehen, daß Thüren, von Geistern bewacht, wie die Sage erzählte, und die Priester am eifrigsten verbreiteten, zu Gemächern führten, die Geheimnisse verschlossen, die die armen geängstigten Laien nicht sehen sollten.

Diese Vermuthung wurde in Katharinens Seele so lebhaft, so wahrscheinlich, daß sie wenigstens die späten Besuche bey den dortigen Gräbern einstellte: sie fürchtete, daß auch ihr Besuch, den, wie sie wußte, schon die Klöster umher sträfliche Kühnheit nannten, den Herren, die Bann und Geister rufen, verdächtig dünken möchte, und sie vielleicht auch auf diese oder jene Art verscheuchen könnten, welches ja für die armen Landleute auch auf Rechnung der Geister leicht geschehen könnte. Auch war ihr Denkmahl der Liebe vollendet, die Werkleute hatten es verlassen, und die sanfteste Stille umwehte das Heiligthum der Thränen wieder – sie ging fast täglich hin durch Schnee und Wind – und die ersten Halmen, welche das Auferstehn des Frühlings verkündeten, wurden über den Hügel, als ein Opfer der ewig grünenden Hoffnung des baldigen Wiedersehens in Fluren, wo der Frühling nie verblüht, gestreut. – Die Moldau wogte sanfter – der Wind fuhr milder über die Gebirge, die Bäume keimten – der Gang kleidete sich in Grün, und Blumen blühten am Hügel – ein Rasensitz unter den hohen Bäumen wurde weicher, und Katharine schenkte der auflebenden Natur einen süßeren Gruß des schwermüthigen Gefühles; alles kam wieder – die immer wärmer scheinende Sonne rief jeden Keim aus seinem Grabe, aber ihre Liebe schlief in eisernen Fesseln des Todes; diese Sonne kann sie nicht schmelzen. Ein Weg, unbekannt und grauenvoll, der Weg durch die Verwesung, brachte sie erst ans gegenseitige Ufer, wo ihr treue Liebe die Hand reichte, zum ewigen Bunde; süße Schwermuth umwehte die schönen Tage des kommenden Mayes – das Osterfest war noch die einzige Zeit, wo es wegen der Messe in der Marienkapelle in dieser Gegend lebhaft wurde. – Katharine trug keine Andacht zum reichen Grabe, und beschloß, ihre Osterfeyer an Lichtens Urne zu halten; ihre immer reiche Fantasie hatte sich in der Nacht der Auferstehung unter dem prachtvollen Himmel ihre Kirchenfeyer ausgedacht, und beschloß, nur von Oda begleitet, die Sonne aufgehen zu sehn; – mit heiliger Erhebung wollte sie ihre ganze Seele aufschwingen, mit dem ersten Strahl der Morgenröthe, die ihr Denkmahl vergolden würde. – Sonnenaufgang am Auferstehungstage, Sonnenaufgang am Grabe der Liebe, welche Gefühle kann ein solcher Tag einer weichen Seele geben! – Die Vorempfindung wirkte schon so erschütternd auf unsere liebe Schwärmerin, daß Oda'n bange für der merkwürdigen Nacht wurde. Der Mond schwebte glühend herauf, und wogte seinen Feuerstrahl auf den rollenden Wellen der ernsten Moldau; leise flüsterte der Abendwind in jungen Blättern – die einsame Nachtigall begann ihr erstes Lied. – Katharine nahm ihren Schleyer, und trug ein Körbchen der schönsten Blumen, deren Wachsthum sie durch viele Monate gepflegt hatte, zum Grabe – ihre Harfe tönte der einsamen Gegend ein Lied der Sehnsucht, von ihr gesungen und tief gefühlt. Der Wiederhall klagte mit ihr – und von jedem funkelnden Stern glaubte sie ihren Geliebten zu sehn, der ihr danke für das Andenken ihrer Treue. – Die Harfe schwieg, – die Nachtigall sang nicht mehr, und in den Bäumen wiegten sich die Käfer zum Schlummer. Die Mitternacht war nah, – ihre Oda schlief an ihrer Seite ein. – Katharine lehnte die Harfe an die Urne, und ging den schmalen Ufergang, um sich ganz im Anschauen der wunderschönen Mondnacht unterzutauchen. Der Gedanke der allgemeinen Ruhe, der allgemeinen Stille, goß auch in ihr Herz nahmenlosen Frieden – sie war so ganz in andern Regionen, daß sie erst ein nahes Geräusch wieder zu sich selbst brachte – sie blickte auf, und sah, was sie in dieser Stunde, die sie nur für sich empfunden dachte, nicht vermuthet hatte. Quer über die grüne Saat kam eine junge Dame, die sie für irgend ein Fest geschmückt glauben mußte, wenn es nicht Mitternacht war – ihr blondes langes in einen Zopf geschlagenes Haar war mit einem reichen Bande blitzender Juwelen zurück gebunden – ihr tausend Falten werfendes Gewand, von blendend weißem Atlas, rauschte wie ein Waldstrohm ihr nach – eine Menge Diener folgten ihr in scheuer Ehrfurcht. Die junge Dame beschäftigte nichts, als ein Strauß von theuren Steinen, der an ihrer hohen Brust glänzte, und der reiche Schleier, der von ihrer Schulter wehte, – der hellen lieblichen Mondnacht gönnte ihr stolzeres Auge keinen Blick. Ihr Weg ging nahe an der Stelle vorüber, wo Katharine stand, wo sie sich so viel als möglich hinter das Gesträuch zurückzog, um nicht von der glänzenden Dame gesehn zu werden; sie kam ihr so nah, daß Katharine jeden Zug ihres Gesichts sehen konnte, das eins der schönsten gewesen wäre, wenn nicht der übermüthigste Stolz über dasselbe verbreitet gewesen; ihre funkelnden Augen schienen die ganze Schöpfung aufzufordern, ihr zu dienen; ihr stolzer kalter Blick verlangte die Herrschaft der Welt. Katharine wandte ihren Blick von der Übermüthigen, und ihre Augen fielen auf eine ehrwürdige Frau in tiefer Trauer, die die Schleppe ihrer Dame trug – es war so eine hinreißende Duldung über ihr sanftes Gesicht verbreitet – die volle Thräne, welche in ihrem himmelaufblickenden Auge glänzte, war so unaussprechlich redend, daß Katharine ihre Herrschaft eine Tyrannin schalt, denn der bebende Gang der alten Frau zeigte deutlich, daß sie ihr gezwungen diente. Während dieser Betrachtung war der Zug bis an einen kleinen Steg gekommen, welcher das Eigenthum derer von Duba und die Besitzungen der andern Gutsherrn schied. Dort stand er still. Katharine sah ganz deutlich, daß sich die Dame von ihrer Dienerschaft trennte – sah, daß sie die alte Frau in Trauer umarmte, ja es war ihr sogar, als wenn sie ihr die Hände küßte, und sich nun ganz allein in den Wald verlor, der von einer andern Seite zur Marienkapelle führte. Das Gefolg zerstreute sich ins Gebüsch so schnell, daß Katharine, wie sie wollte, keine nähere Bekanntschaft mit der ehrwürdigen Dienerin machen konnte. Sie stand noch lange auf ihrer Stelle, und dachte der überraschenden Erscheinung nach, und alles, was sie sich möglich denken konnte, war, daß vielleicht das stolze Fräulein ein demüthiges Gelübte zur Marienkapelle führte, wo sie Ablaß für neue Thorheiten holen wollte. Die Umarmung der leidenden Dienerin ist wohl die Buße, welche ihr ein erkaufter Beichtiger auflegte – die Unverschämte glaubt Gott durch das elende Gaukelspiel zu betrügen – ihr Herz fühlte nichts von dem, was ihre Lippe sagte, wie hätte sie sonst in diesem Glanze selbst vor dem Auge Gottes erscheinen können? Alles war ruhig um sie her – die Stille der Nacht, die jedes ungerechte Gefühl lauter reden läßt – weckte ihr Gewissen nicht – sie tändelte mit ihren Juwelen, und war unbesorgt, was das Herz ihrer unglücklichen Dienerin fühlte, die sie nun bald durch eine heuchlerische Umarmung noch tiefer kränken wollte. Nun geht sie hin, fuhr Katharine in ihrem Selbstgespräch fort, und wirft sich vielleicht mit einem Herzen voll Falschheit vor den Thron dessen, der den kleinsten Gedanken unsrer Seele durchschauet; ein erkaufter Priester legt seine Segen verkündigende Hand auf ihre stolze Stirn, und sagt Amen zu ihrer Frechheit. Heiliger Gott! wenn wirst du endlich den Übermüthigen, die sich deine geweihten Priester nennen, zeigen, daß du ein Gott bist, den nur Tugend, nicht Opfer versöhnen kann, denn sonst wäre ja der reiche Sünder nur Erbe deines Himmels. Katharinens Unwille über die Misbräuche ihrer Religion wurde durch ihre Oda unterbrochen, die ihr entgegen kam. Katharine erzählte ihr, was sie gesehn, und der Rest der Nacht ging unter den Wünschen der klugen Mädchen hin, daß es doch besser werden möchte, denn Gelübde der Art, wie sie Katharine von der nächtlichen Dame vermuthete, waren nicht selten in damaligen Zeiten, selbst in Katharinens aufgeklärt seyn wollender Familie konnte sie welche zählen. Die ersten Strahlen des kommenden Morgens wandten ihre Betrachtung auf höhere Gegenstände – schön, prachtvoll und groß trat die Sonne auf der blauen Bahn hervor, und führte den höchsten Tag der Christen, den Tag der Auferstehung, an ihrer Stralenhand hervor. Nichts von dem, was Katharine empfand, uns sey es genug, zu sagen: sie ging gestärkt von dem Denkmahle ihres größten, schmerzlichsten Verlustes.

Die Tage wurden länger, die Luft wurde lauer; auf jeder Stelle drängten sich Blumen hervor – heilender Balsam wehte von Baum und Sträuchen. Die Spaziergänge unserer Einsiedlerin wurden zahlreicher und länger. – Um die Marienkapelle war es längst wieder still, denn nur drey Tage wurde dort öffentliche Andacht gepflegt, und die Reisenden, welche Gelübde oder Freundschaft her riefen, hatten schon Wochen lang Abschied aus den Klöstern genommen, die sie beherbergt hatten. Katharine, die keine neuen Bekanntschaften wünschte, und die alten nicht gerne erneuern wollte, war schon lange in keins der Klöster gekommen, aus Furcht, sie möchte Fremde finden; jetzt, da alles wieder heimkehrte, beschloß sie, in den ersten Tagen ihre Walburgis zu sehen, deren liebevolle Briefe sie schon längst um die Freude gebeten hatten, sie zu umarmen. – Doch eh dieses geschah, sollte unsere Einsame noch eine Bekanntschaft machen, die ihr, ohne sie zu scheuen oder zu wünschen, in der Zukunft so höchst interessant werden sollte.

Verschiedene Mahle schon hatte Katharine bemerkt, daß sie nach der Osterfeyer in ihrer Einsamkeit nicht mehr so allein war, als sonst. Sie hörte in dem nahen Gesträuch Geräusch; es war nicht das Rascheln des hier hausenden Wildes, nicht das Flattern der Nachtvögel, oder das Flüstern der Abendwinde in den schon belaubten Zweigen; alles dieses dachte Katharina bey dem ersten Geräusch, welches ihr hörbar wurde; sie lauschte beym zweyten und dritten Mahl – es war leichter Schritt eines Menschen – es war sanfte Gewalt eines sich durchs Gesträuch dringenden Wesens, dessen ungeduldiges Seufzen sie bey dem widerstrebenden Gehölz, durch welches es sich einen Weg bahnen wollte, einige Mahl zu hören glaubte; jetzt ging es leise – jetzt rauschte ganz vernehmlich ein Gewand; jetzt hörte sie es noch weiter durch die Saaten schweben. Sie trat halb furchtsam aus ihren Bäumen, denn es war Mitternacht, mit dem Gedanken, es könnten wohl Menschen seyn, die sich der Kapelle nahen wollten, um nach Schätzen zu spähen, deren Daseyn die wieder gehaltenen Messen am reichen Grabe erneuert hätten; – und was konnte nicht Katharine, so allein, wie sie war, von Dieben zu fürchten haben, die sich selbst, trotz der Furcht vor Geisterwache und Bannfluch, an Gräber wagten? – Der leise ängstliche Schritt hätte sie freylich beruhigen können; selbst das Seufzen des Wanderers war das Seufzen eines Weibes – aber wer denkt an dieses alles in Augenblicken der Überraschung? – Sie sah nichts, als das Bewegen der Bäume im Schimmer des eben aufgehenden Mondes; das Geräusch wand sich tiefer in den Wald, und verschwand gänzlich.

Katharine erzählte ihrer Dienerin, was sie zeitiger, als sie gewollt, nach Hause trieb, und gab ihr Befehl, sich am Morgen zu erkundigen, ob alles noch beym alten an der Marienkapelle wäre. Die Marienschätze lagen noch sicher, kein Mensch wollte verdächtige Leute in der Gegend gesehen haben, und nach einigen Tagen fand die erste schöne Mondnacht Katharinen wieder auf ihrer gewöhnlichen Wallfahrt. Doch ließ sie sich auf Bitten ihrer Oda von derselben begleiten. Auch jetzt hörten sie das Geräusch wieder. Der leise Schritt durch die schon höhere Saat wurde beyden deutlich, sie gingen ohne Furcht dem Kommenden entgegen, da es nur der Gang einer einzelnen Person war – aber der Wandler schien durch einen Nebenpfad sich wieder von ihnen zu wenden, und alles, was sie von ihrer Mühe gewannen, war, daß sie von einer kleinen Anhöhe, wo sie auf eine lichte Stelle des Gesträuches sehen konnten, in schon ziemlicher Entfernung zwey Gestalten erblickten, aus denen sie, wegen des ungewissen Mondlichtes, nicht recht wußten, was sie machen sollten – doch jetzt schlüpften sie durch eine ganz vom Mond bestrahlte Stelle. Katharine wollte ihre weißen Gewänder flattern sehn, und Oda, die ein etwas weniger fernes Auge hatte, gab ihr zwar zu, daß es weiß gekleidete Menschen gewesen, aber sie bestritt ihr, daß es Mädchen wären. Können es nicht Prämonstratenser seyn? können es nicht junge Bursche aus dem nächsten Dorfe seyn, die vielleicht Aberglaube oder der Himmel weiß, welche verbotene Absicht, durch diese Mitternacht führt? und dieses letzte zu glauben bestärkt mich noch ihre Flucht, – ganz sicher haben sie uns bemerkt, und vielleicht sind es gar Bursche von unserm eignen Hofe. Katharine bestritt diese Meinung ihrer Oda zwar noch eine Weile; wollte langes flatterndes Haar bemerkt haben; nannte die Gestalten zu zierlich, um Bauern oder Mönchen zu gehören. Oda nannte das flatternde Haar Zweige, die die heute stark wehenden Winde bewegt hätten, und wollte Mönche kennen, die in noch kürzerer Entfernung zarten Jungfrauen glichen. – Die sanften Betrachtungen unserer Traurenden waren für diesesmahl zerstöhrt; man ging nach Hause, und in einigen Wochen war das nächtliche Abentheuer so gut wie vergessen. Die Nächte wurden lau; das Abendroth weilte länger am westlichen Himmel, und die sich immer mehr nähernde Sonne machte selbst die Mitternacht weniger grausend, als sonst. Katharine kannte beym Morgenroth und Sonnenschein die kleinsten Hügel, die dunkelsten Stellen einige Meilen umher, – wir wissen ja, daß oft ihre einzige Ruhe in der größten Ermüdung lag. Mehrentheils begleitete sie Oda, manchmahl auch noch ein Diener, wenn sich ihre Wanderungen bis jenseits der Gebürge, welche ihre Gränze umschlossen, erstreckten; an der kleinen steinernen Brücke, welche das Gebiete der Grafen von Duba von dem ihrigen schied, setzten sich die Zurückkommenden jedesmahl auf den Rosensitz, welchen einige Linden umschatteten, und öfters beurlaubte Katharine hier ihre Begleiter, um den kurzen Weg bis zum Denkmahl unter den Eichen allein zu machen. Die sanfte gutmüthige Katharine suchte ihre Thränen oft selbst für ihrer Dienerin zu verbergen, denn sie wußte, daß das gute Mädchen mit ihr litt. Oda ließ sie ungern allein, so sehr müde sie auch oft war, und nur der Befehl ihres Fräuleins, dieses oder jenes Geschäft noch vor ihrer Ankunft auf dem Schloß zu besorgen, konnte sie bestimmen, sie zu verlassen, – doch küßte sie ihrer Gebieterin noch allemahl mit der dringenden Bitte die Hand, ja nicht mehr über das Brückgen zu gehen, denn sie traute nicht, wir wissen nicht recht, ob aus Furcht für Räuber, oder der dort hausen sollenden Geister. Katharine versprachs, und hielt es redlich.

Einstens in einer halb vom Mond erhellten Nacht kam Katharine später, als gewöhnlich, nach Hause. Sie traf ihre Oda schon unterwegs an, die ihr voll Bangigkeit entgegen kam. Gutes Mädchen, du hast dich über mein langes Ausbleiben geängstigt! Daß du auch heute just nicht bey mir seyn mußtest.

Gewiß, liebes Fräulein, ich wünscht' es auch; denn aus Eurem heitern Blick läßt sichs schließen, daß meine Gebieterin frohe Stunden durchlebt hat, und Eure arme Oda hat noch so wenig Euch frohe Augenblicke durchleben sehn, daß sie es wohl wünschen darf, in den seltenen heitern Stunden bey Euch zu seyn. »Je nun, liebe Oda, was nicht war, kann ja ein ander Mahl geschehen. Du mußt wissen, liebes Mädchen, ich habe eine Bekanntschaft gemacht. –«

Eine Bekanntschaft, in dieser Mitternacht?

»Recht! Eben wie der Mondesstand die Mitternacht verkündete, grüßten wir uns zuerst.«

Aber wer grüßte Euch in dieser ungelegenen Stunde?

»Ungelegen? Nein, Oda, es war und ist mir eine liebe Morgenstunde voll schönen Gefühls, dem Gefühl, eine Seele mehr gefunden zu haben, die, wie du, gern meine

Klagen hört, und mich wegen der Dauer meines Schmerzes liebt; die meine Trauer Ehre nennt; kurz, Mädchen – unser letztes Geräusch, ich hatte doch recht – es waren Mädchen, und keine Mönche.«

Oda konnte erst, als sie aufs Schloß kamen, vollständig von ihrer Dame hören, was sie so zu entzücken schien. Sie hatte das schon einige Mahl vernommene Geräusch wieder, und zwar näher und deutlicher, als sonst, gehört. Ich ging ihm, wie neulich, fuhr Katharine fort, entgegen, und nicht lange darauf trat aus dem kleinen Erlen-Gehölz ein Mädchen hervor, so freundlich und hold, daß ich ihr näher trat, um von ihr nicht übersehen zu werden. – Wir grüßten uns als alte Bekannte, doch schien sie eine scheue Ehrfurcht zu haben; ich fühlte nur Drang, die liebenswürdige Fremde näher zu kennen. Wir sind weit, sehr weit mit einander gegangen, sie scheint so viel Gefühl für alles, was groß und schön in der Natur, zu haben – Ihr Blick ist so redend; jede ihrer Bewegungen so deutungsvoll; sie hat an meiner Urne geweint, und ich habe sie bis weit über die kleine Brücke geleitet –«

Wie? bis zur Marienkapelle, mein Fräulein? fiel ihr hier Oda ein.

»Vergieb mir, gutes Mädchen, ja! – Diese Nacht habe ich das Wort, welches ich dir gab, vergessen. Aber was hätte ich nicht in ihrer Gesellschaft vergessen? – In der That, erst die alten Mauern der Kapelle sagten mir, wo wir waren. – Du wirst dieses alles sehr natürlich finden, liebes Kind, wenn du sie erst selbst siehst, selbst sprichst, denn sie ist so schwesterlich gut, selbst gegen ihre Dienerin, wie ich es noch bey keiner fand, deren edle Gestalt, vorzügliche Kleidung und jede Bewegung uns gleich beym ersten Anblick zuruft, ihr Stand ist der edelste! und doch so gütig, so demüthig, möchte ich fast sagen fast zu höflich; dieses einzige könnte ich an ihr aussetzen, – auf jedem kleinen Pfade mußte ich voraus gehen; kam ich durch Zufall, welches ich gar nicht bemerkte, ihr zur rechten Hand, so wand sie sich gleich mit ängstlicher Eile zur linken. Ich bat sie, freundschaftlicher mit mir umzugehen, und diese lästigen Ängstlichkeiten den Stadtdamen zu überlassen; aber da half kein Bitten – selbst meine kleinen Spöttereyen blieben fruchtlos. Ich mußte ihr endlich nachgeben, denn dieses Nichterfüllen der pünktlichsten Höflichkeit schien ihr schmerzlich zu werden. Als ich bey den Mauern der Kapelle Abschied nahm, schien sie noch blässer zu werden, als ihr schönes Gesicht ohnedem war. Sie schien so herzlich, mich so ungerne zu verlassen, und ihr unaufhörliches tiefes Knicksen abgerechnet, war unser beyder Abschied sehr innig.«

Oda und ihr Fräulein konnten kaum den künftigen Abend erwarten, um der schönen Fremden entgegen zu gehen, aber der östliche Himmel wurde schon von der nähernden Sonne geröthet, und kein Flüstern in der jungen Saat, kein leiser Gang über den schwellenden Rasen verrieth das Kommen der sehnlichst Erwarteten.

Unsere Wanderinnen kamen müde und verdrießlich durch die getäuschte Erwartung nach Hause. So hatte man also wieder viel lange Stunden zu zählen, ehe der liebe Besuch erwartet werden konnte. Doch auch der künftige Abend blieb unbegrüßt von der nächtlichen Dame. – Katharine, deren Herz so empfänglich für Freundschaft war, die so viel Sympathie in jedem Wort der schönen Nachbarin gefunden, fühlte eine schmerzliche Leere, seitdem ihr Herz auf diese Gefährtin ihrer Einsamkeit gerechnet. Tausendmahl wiederholte sie sich alles, was sie mit ihr gesprochen; sah jeden ihrer schönen Züge schimmern; auf jedes Blättgen versuchte die liebe Schwärmerin die sanfte Erscheinung zu mahlen – aber so, wie sie sie ganz ohne Tadel dachte, nicht in dem schweren Kleide, nicht behangen mit reichen Steinen – ein Blumenkranz hielt ihre blonden Locken, und gab ihr das, was ihr nur zur Bewohnerin des Himmels fehlte.

Vierzehn Tage waren seit der ersten und letzten Bekanntschaft verflossen, und kein Abend erschien, an dem Oda und ihre Dame nicht alle Gänge durchstrichen – der Mond war längst verbleicht, aber auch die sternlosen Nächte, wenn kältere Winde die Wellen der Moldau schlugen, wurden der Hoffnung, die Fremde zu finden, geweiht. Eben so fruchtloß, als die nächtlichen Wanderungen, waren ihre Nachforschungen der letztvergangenen Tage; niemand wollte von einer so auffallenden Fremden etwas wissen, und Katharine erhielt auf alle ihre Fragen nichts, als die Nennung ihr schon längst bekannter Nahmen ihrer Nachbarn rings umher. Einige von den einfältigen Einwohnern ihres Waldschlosses, die sich einige Meilen weiter umgesehen hatten, als ihre Verwandten, wollten zwar von Familien reden, die große Güter jenseits der Gebürge besäßen, aber sie gaben diese Rittersitze viel zu weit entfernt an, als daß Katharine dort ihre nächtliche Freundin hätte suchen können. Sie gab allmählich die Hoffnung auf, sie je zu finden, und kaum konnte sie die umständlichste Beschreibung der nächtlichen Begebenheit bey ihrer Oda und ihrem übrigen Frauenzimmer von dem Verdacht retten, daß das ganze nicht ein Traum sey. Ihr ganzer Trost war, daß sie sie doch einst an einem der wenigen Festtage der Marienkapelle dort wieder finden würde, denn es schien ihr nun ausgemacht, daß es eine Fremde sey, die nur ein Gelübde auf kurze Zeit hieher geführt hätte. Mehrere Monate waren bis zu einem dieser Festtage zu durchleben, und die bange Sehnsucht nach der Zukunft fing an, jeden Schritt der schönen Frühlingstage mit Bley zu belasten. – Der Mond füllte sich wieder, und Katharine, da sich der Abendhimmel mit lieblicher Gluth in der Moldau spiegelte, entschloß sich, ihre Walburgis einmal wieder zu besuchen. Dort wollte sie Wochen lang weilen, um sich zu zerstreuen, denn ihr war es peinlich, täglich getäuscht zu werden; vielleicht wußte auch Walburgis mehr von ihrer Freundin, als sie, kannte sie vielleicht gar: genug, morgen sollte gereist werden. Oda blieb auf alle Fälle zurück, hatte Befehl, jeden Abend an der geweihten Stelle zu seyn, um sie ja nicht zu versäumen, und ihr sogleich einen Eilbothen zu senden; jedes Gesträuch, jedes Hügelchen wurde ihr diesen Abend zehnmahl bezeichnet, wo ihr Gewand flatterte, wo ihr Schritt rauschte – Horch! da flüstert's leise – da schwebt eine weise schlanke Gestalt durch die dichten Gänge – und ehe noch Katharine ihre frohe Hoffnung ihrer Oda nennen konnte, stand die längst Erwartete vor ihr. Man grüßte sich als alte Bekannte. Katharine war entzückt, und tausend freundliche Fragen, was sie so lange hätte trennen können – tausend liebevolle Vorwürfe, daß ihr ihr Herz nicht gesagt hätte, wie sehr man sie hier erwartete? waren schon vorgebracht, ohne daß die Fremde ein einzig Wort einschieben konnte. – Überhaupt vertrat mehr ihr Blick, als Worte, den Dienst ihres Herzens, denn ihrer Rede war, wie das erste Mahl, äußerst wenig, und die Art, sich auszudrücken, so übertrieben höflich, fast möcht ich sagen, demüthig, daß wirklich ihr schönes, redend thränenvolles Auge nöthig war, um zu wissen, daß vielleicht nur schiefe Erziehung, nicht ihr wahres Selbst, sie so Komplimenten voll machte. Dieses war der einzige Tadel, welcher Katharinen möglich war, aber Oda, die nicht so leidenschaftlich für die neue Bekanntschaft eingenommen war, als ihre Gebieterin, wollte auch, trotz der Komplimentensucht, dann und wann Stolz an ihr bemerkt haben, und meinte, ihre sanfte Zofe, deren stiller Blick in den ersten Minuten ihre Freundschaft gewann, sollte ihr bald nähere Kenntniß geben. Saht Ihr nicht, liebes Fräulein, fuhr Oda fort, wie das arme Mädchen traurig wurde, als sich ihre Gebieterin beym Abschied so tief neigte? Hörtet Ihr nicht, wie sie seufzte, als sie uns verließ? Gewiß, ganz gewiß ist die Arme nicht glücklich. –

Katharine hieß sie schweigen, und fand es unmöglich, daß ein solches Auge lügen könnte.

Von diesem Abend an sahen sich unsere Freundinnen oft, doch selten länger als eine Stunde, öfterer nur Minuten. Die Fremde blieb sich immer gleich, doch schien sie herzlicher zu werden – aber offen, so wie es Katharine gegen sie war, wie sie wünschte, daß es die nächtliche Freundin gegen sie werden möchte, wurde sie nie; der schöne Plan wechselseitiger Traulichkeit scheiterte bald. Die Fremde blieb zurückhaltend, einsilbig, drückend höflich, und Katharine erhielt in den rührendsten Augenblicken, die ihre Ida kannte, (so nannte sich die Fremde) auf alle ihre Bitten, freundschaftlicher zu werden, und besonders das ängstliche Ceremoniel abzulegen, nichts als einen Seufzer, höchstens die Gegenbitte, nichts Unmögliches zu verlangen.

Zwey volle Monate sah Katharine ihre Ida, zu der sie mit unbeschreiblicher Gewalt hingezogen wurde, fast alle Abend. Ida wußte alles, was ihr je theuer war, kannte alle ihre Lieben, hatte oft ihren Leiden eine volle Zähre gezollt, oft der Freude ihrer Vergangenheit ein Lächeln geschenkt; durfte das Fest der Erinnerung am Grabe der Liebe mit ihr feyern, und jeden Winkel des Herzens der offenen Katharine kannte Ida, aber sie selbst, diese geliebte Ida, war ihr noch eine Fremde. Katharine wußte nur ihren Nahmen und den Nahmen ihrer Familie, sie war aus dem gräflichen Hause derer von Duba, sonst wußte Katharine nichts, nicht einmahl, wo sie wohnte. Sie nahm die Begleitung ihrer Freundin kaum bis zur Marienkapelle an, und ihr bittendes Auge war zu unwiderstehlich, welches flehete, ihr nicht weiter zu folgen, als daß Katharina es hätte wagen können, sich ihr aufzudringen. Ein dankender unaussprechlich süßer Blick, eine herzliche Umarmung war dann allemahl der Lohn ihrer Nachgiebigkeit, und jeder Abend voll unbefriedigter Wünsche endigte sich bey Katharinen mit heißerer Freundschaft, mit größerem Verlangen, die Unerforschliche näher zu kennen; tausend Anschläge wurden den Tag über mit Oda ausgedacht, um zu ihrem Zweck zu gelangen: denn auch Oda wußte von ihrer nächtlichen Gesellschafterin wenig oder nichts. Alle ihre Fragen, sogar ihre Bitten, fanden kein Gehör.

»Warum, liebe Agnes«, fragte einst Oda, »treibt dein Fräulein den Eigensinn so gar weit, nicht einmahl unsere Burg zu besuchen?«

Ein Achselzucken.

»Oder warum ladet ihr uns nicht ein, euch heimzusuchen? Ich denke, meine Dame hat es der deinigen schon oft nahe gelegt, diese Einladung von ihr zu hören.«

Behüte Gott!

»Warum denn das?«

Keine Antwort.

»Es scheint fast, als wenn die Freundschaft deiner Dame das Licht scheute; immer nur des Nachts müssen wir euch aufsuchen, wie irrende Geister.«

Ein starrer, fragender Blick.

»Nun, nun, es ist so böse nicht gemeint! – Aber sonderbar ists doch, daß wir euch noch nicht einmahl am Tage sahn. Ich will doch nicht glauben, daß die hochgräfliche Familie gegen den Umgang ihrer vornehmen Tochter mit einer simplen Ritterstochter etwas einzuwenden hat?«

Im Gegentheil!

»Und doch könnte ichs mir nur als die einzige Entschuldigung denken, dieses verstohlne Kommen, dieses ängstliche Bemühen, uns nicht beym hellen Tageslicht zu sehn.« Gott bewahre!

»Ihr habt also doch Familie?«

Ja!

»Sind die übrigen auch so komplimentenreich, wie Ida?«

Ein starrer Blick.

»Ey so seyd doch nicht so stumm! Wer ist denn diese geheimnißvolle Familie? – Warum schweift ihr so allein umher? – Wo wohnt ihr?«

Ein Finger auf den Mund und ein ängstlicher Blick auf ihr Fräulein sagte Oda, daß sie nicht reden dürfte.

»Ja, ja! ich merk es wohl, und hab es schon lange gedacht, daß eure Herrschaft nicht so sanft ist, als sie scheint; aber ich werde es ihr nicht wieder sagen, was du mir vertraust; auch ist es nicht sträfliche Neugier, was mich treibt, dich, wie ich wohl sehe, mit meinen Fragen zu ängstigen, aber es kann mir, die ich meine Gebieterin liebe, nicht gleichgültig seyn, zu sehn, daß sie ihr Herz, ihr ganzes Vertrauen an eine Unbekannte schenkte, die sich so geflissentlich vor ihr verbirgt. Ich bitte dich also, liebe Agnes, rede endlich; du kennst mich ja lange genug, um zu wissen, daß ich weder eine Plauderin, noch eine Leichtsinnige bin, bey mir ist selbst euer Geheimniß, wenn ihr eins habt, gut aufgehoben.«

Liebe, liebe Oda, ich darf nicht reden! Auch ist es gut für dich, wenn ich schweige.

Dieses war die längste Rede seit langer Zeit, die Oda von ihrer stillen Gefährtin hörte. – Auch schien sie selbst für ihrer Redseligkeit zu erschrecken, und Oda's dringende Bitten, selbst ihr glühender Unwille, brachte kein Wort weiter, sowohl diesen als manchen folgenden Abend aus Agnes.

So waren alle Gespräche, die unsere Zofen hatten, und erst lange nach der längsten Unterhaltung, die wir dir, lieber Leser erzählt haben, lockte Oda durch zehn geschlungene Fragen den Nahmen Hohenbühl, als den Stammsitz ihrer Gräfin, heraus; sie nannte ihn Oda bebend ins Ohr, und ihre furchtsamen Augen starrten nach der in ziemlicher Weite vor ihr gehenden Ida, die sehr aufmerksam Katharinen ein Stück ihres schmerzvollen Lebens erzählen hörte; aber kaum war der Nahme Hohenbühl über die bleichen Lippen des armen Mädchens, als ein wüthender Blick, den man Ida's Augen gar nicht zutrauen konnte, sie zum Bild des Schreckens machte. – Agnes riß sich von Oda's Arm, und floh nach der kleinen Brücke, die immer die Grenze ihres Abschiedes war. – Ida neigte sich tief, tiefer, als je, sogar für Oda, und ging mit aufgehobnen Händen, in der bittendsten Stellung, ihrer Zofe nach. Unsere Wanderinnen standen und sahen staunend diese Scene.

Das erste, was Katharine fragen konnte, war: was brachte meine Freundin so auf? Denn in der wirklich weiten Entfernung hatte sie nicht hören können, was Agnes ihrer Oda sagte. Oda nannte ihr den Nahmen der Stammveste ihrer Freundin, und Katharine fing an, ein zweydeutiges Geschöpf unter der Fremden zu suchen, denn der letzte Ausbruch ihres Zorns war zu auffallend, als daß Katharine nicht überzeugt werden mußte, es wäre der feste Vorsatz Ida's ihr unbekannt zu bleiben. Warum dieses? Sie mußte doch fürchten, bey dieser Kenntniß zu verlieren?

Gott weiß, wer diese Eure Ida ist! rief Oda; ich muß es Euch gestehn, daß ich schon längst das muthmaßte, was wir nun bald gewiß wissen werden, nur gut, daß keines Eurer stolzen Verwandten, keine Eurer heiligen Tanten und Großtanten von diesen nächtlichen Visiten wissen – wer weiß, wie ihre strenge Tugend richten würde; Ihr rißt Euch aus ihrem ehrbaren Cirkel, weil es Euch selbst dort noch zu weltlich schien, um hier in Ruhe weinen zu können, und macht Bekanntschaft, sogar herzliche Freundschaft mit einer vom Himmel gefallnen Dame, die kein Mensch kennt, oder kennen will, die uns nur im dichten Mantel der Nacht besucht, recht als wenn sie es wüßte, daß ihr das Tageslicht nicht zuträglich ist. Aber Oda, wie kannst du so lieblos urtheilen? Es ist ja das erstemahl, daß sie sich wenigstens gegen mich nicht ganz so zeigte, wie sie sollte; aber wer weiß, was sie für Gründe hat, so und nicht anders zu handeln? Vielleicht lebt sie wo allein, ist vielleicht strenger Vormundschaft entflohen, liebt unglücklich, und erwartet in der Dunkelheit einer armen Hütte die helle Zukunft. – Sieh, so wäre ja selbst ihre Zurückhaltung gegen uns Tugend? – Die Arme fürchtet vielleicht von meiner Strenge, was sie von meiner Freundschaft nicht gern hört. – Sie liebt mich, das sagte mir oft, selbst diesen Abend, ihr gefühlvolles Auge, und eben ihre Liebe schließt ihr den Mund; oder, wie wir schon oft wähnten, hält sie ein Gelübde zu schweigen; du kennst ja die abentheuerlichen Meynungen so mancher Männer unserer Tage, daß wir sie wohl einem Mädchen vergeben können. Geduld, Oda! Nun wissen wir ja den Nahmen ihrer Burg, es kann uns nicht fehlen, wir werden sie nun bald kennen, und ich hoffe, du, gute Seele, wirst ihr es herzlich abbitten, sie so beurtheilt zu haben.«

Recht gern, liebes Fräulein! erwiederte Oda. Nur furcht ich, leider! das Abbitten möchte auf Ida's Seite seyn. Vielleicht ist sie nicht so gar unbekannt in dieser Gegend, als sie glaubt und wünscht; vielleicht scheut man sich nur, Euch die Freude ihres Umgangs zu rauben, und schweigt nur darum, wenn wir fragen: wer ist sie, woher ist sie?

»Oda, ich kenne dich zu gut, als daß du dieses alles ohne Grund sagen könntest – ich bitte dich, Liebe, sag es mir, was weißt du mehr, als ich, von Ida?«

Meine Gebieterin, ich weiß wirklich nicht viel mehr, als Ihr; aber dieses Wenige habe ich von einer unbefangneren Seele, als Ihr seyd, deren Blick Liebe zu der reizenden Ida blendet, und dieses macht mich dreust, so bestimmt zu sprechen. –

»Und dieses Wenige, liebe Oda – Du schweigst? Du weißt es selbst, wie sehr ich mich an Ida gefesselt fühle, wenn sie wirklich nicht das edle Mädchen wäre – wenn sie wirklich strafbare Ursachen hätte, sich für uns zu verbergen, was doch nicht auf immer möglich ist – ist es da nicht deine Pflicht, mein Herz, je eher, je lieber, von dem gefährlichen Mädchen loszureißen? Du weißt ja, ich habe schon so viel geweint, soll ich auch über Ida weinen! Jetzt fühl ich mich noch stark, sie zu meiden, wenn es seyn muß – also – Oda, nicht wahr, du nennst meine Gründe wichtig genug, um zu reden?« –

Ja, ich will reden, aber mein Fräulein wird mir das gütige Versprechen thun, nichts von dem, was ich jetzt sage, dem alten Pater Ignazius zu sagen – er ist es, der mich zuerst aufmerksam machte. Zu Euch sagte er immer, daß er Ida nicht kennte, aber doch mit so geschraubten Worten, daß nur Eure arglose Seele nichts weiter in seiner Erklärung tadelte, als überflüßigen Wörterschmuck – ich hörte mehr: er durfte oder wollte die Wahrheit nicht sagen, und scheute sich doch zu lügen. Ich war einst vor wenig Wochen mit ihm allein, nach einem Gespräch mit Euch, das, wie immer, von dem Entzücken sagte, welches Euch Ida's Bekanntschaft gab. Ich hatte bemerkt, daß der gute Alte bei seiner Prunkrede einigemal den Kopf schüttelte, und nahm Gelegenheit, ihn zu fragen, ob er, wie es schien, nicht mit Ida von ** zufrieden wäre, da er sie doch nur aus dem Bilde, das die wärmste Freundschaft mahlte, kennte, und das eben deswegen seines Beifalls gewiß seyn müsse? – Er sah mich lange bedenklich an, und rief endlich nach einem tiefen Seufzer: »Wollte Gott, Ihr wärt noch so einsam, als im Anfang Eurer Herkunft! Ich denke, dieses Wesen, was Katharine so reizend schildert, wird nicht lange bleiben wie sie ist.«

Wie so, ehrwürdiger Herr? – Habt Ihr, wie es mir fast scheint, nähere Kunde von ihr? Ich denke, die Familie derer von *** ist so ehrenvoll als möglich, und der Anstand des jungen Fräuleins verräth eine edle Seele.

Ach, Oda! – sprach der gute Pater mit einem unaussprechlichen Blick zum Himmel – ich fürchte, diese Ida wird unsermguten Fräulein viel Thränen kosten! Ich will Euch nicht verhehlen, daß ich mehr von ihr ahnde, als Ihr wißt; möcht es Euch doch auf ewig verborgen bleiben, was Ihr vielleicht bald erfahren werdet! –

Aber um aller Heiligen willen, ehrwürdiger Mann, so sagt doch, was könnten wir denn hören? was beweinen?

Ich darf nicht reden – nur warnen! Nur so viel zur Nachricht für Euch, aber auch nur für Euch allein: das Geschlecht derer von ** ist längst ausgestorben, und diese Ida ist eine Gräfin von **.

Also meint Ihr, sie nennt einen Namen, der ihr nicht gehört? Und also –

Und also – fiel er mir unwillig ins Wort – und also ist es Eure Pflicht, Eure Dame sobald als möglich von einem Umgang zu entfernen, der ihr nicht frommt, aber, wie ich Euch schon bat, ohne mich in den Handel zu ziehen. –

Er gieng, und seit diesem Gespräch ist es uns nur auf kurze Augenblicke gelungen, ihn auf diesem Schlosse zu sehn; er scheint sogar die Gegend zu scheuen, die Ida betritt. – Ich hab es an Winken und Ermahnungen bei Euch, liebes Fräulein, nicht fehlen lassen, aber die schöne Ida hatte alle Eure Sinne gefesselt, und ich mußte endlich schweigen, um nicht den Verdacht der Neidsucht auf mich zu laden – aber ich hoffe, nun werdet Ihr endlich aufmerksam werden. –

Das gewiß, liebe Oda; morgen schick ich Boten rings um an alle meine Nachbarn, einer wird doch die Burg *** kennen? in einigen Tagen muß Pater Ignazius hier seyn, – ich erzähle ihm wieder von Ida, und nenne ihm Hohenbühl; ist diese Veste eben so wenig bekannt, als sie – nun dann, so muß sie mir bei der ersten Zusammenkunft Rede stehn; ich breche unsern Vertrag, und nehme dann den Pater Ignazius oder einen anderen von unserer Bekanntschaft mit, vielleicht kennt er sie.

Pater Ignazius wurde vergebens erwartet – tausend Ausflüchte, deren gesuchten Wendungen man es ansah, daß siegesucht waren. Mancher Mond verbleichte seit der letzten Zusammenkunft der zweifelhaften Ida. Die Tage wurden merklich kürzer, und das Dünnwerden der Laube deckte nur mühsam das Denkmahl der Liebe. Katharine hatte seit dieser langen Zeit einige mahl Walburgis besucht, aber seitdem sie anfangen mußte, nicht mehr so vortheilhaft von ihrer neuen Freundschaft zu denken, wie sonst, hielt ein feines Schaamgefühl sie zurück, von Ida zu sprechen; und daß Walburgis das Gespräch von ihr gern unterließ, wissen meine Leser schon. – Alles, was einigermaaßen auf sie Beziehung haben konnte, waren die flüchtigen Fragen, ob sie sich noch in ihrem einsamen Aufenthalt gefiel? oder ob er ihr nicht mehr so einsam wäre, wie sonst? und da diese beiden Fragen mit Ja beantwortet wurden, so nahm das Gespräch sogleich eine andre Wendung, und nur beim Abschiede des letzten Besuches aus dem Claren-Kloster, drückte Walburgis ihre schöne Muhme mit ängstlicher Bitte an ihr Herz – »Liebe, liebe Katharine! Sieh, die Nächte werden grauenvoll; alles was fürchterlich für dich werden könnte, nimmt mit den abnehmenden Tagen für mich zu – Bleib diesen Winter bei mir in diesen sichern Mauern.« – Doch Katharine fühlte sich sicher, und scherzte über der Nonne Sorge.

Abt Erhardt, ein Mann von großem Verstande und edlem Herzen, ein alter Freund der Nonne Walburgis, welchen Katharine in ihrer Zelle oft gesprochen, und schätzen gelernt hatte, erschien kurz vor der heiligen Zeit als längst erbetener Gast auf Katharinens einsamer Burg. Er, fühlend wie sie, für jedes Schöne der Natur, bewunderte an ihrer Hand jede sanfte Stelle, deren Betrachtung ihr stille Stunden gab, und lobte ihren Entschluß, ganz gegen die Art gewöhnlicher Mädchen diese reizende Einsamkeit dem Kloster vorzuziehen.

Wie freu ich mich, mein Vater! rief Katharine, und küßte mit kindlichen Thränen dem alten Priester die bleiche Hand – Wie freu ich mich, daß ich und meine Einsamkeit Euren Segen haben! – O, söhnt doch unsere theure Walburgis mit meinem Entschluß aus, hier zu leben und zu sterben.

Eure Walburgis, liebes Kind – erwiederte Erhardt – würde sich, wie Ihr, glücklich nennen, wenn sie Euch noch einsamer wüßte, als sie Euch weiß. – Nicht die tiefe menschenlose Stille scheint ihr gefährlich, nur fürchtet sie, wie ich, daß sich vielleicht Wesen zu Euch drängten, die Eurer Ruhe schädlich werden könnten.

Ach! – rief Katharinelda mit einem kleinen Lächeln – mein Vater, Ihr führt mich durch Eure liebevolle Sorge schneller zu der Frage, die ich Euch durch Wendungen thun wollte, denn ich bin durch die besten Menschen furchtsam gemacht worden, von einer Sache zu reden, die mir, ach! so schwer auf dem Herzen liegt; denn eben diese Sache trägt so viel von meinen Freuden für die kommende Zeit, und ich fürchte immer das zu hören, was mir eine Seele verdächtig macht, an der meine ganze Liebe so fest hängt, und ich gestehe Euch, ehrwürdiger Vater, die Ursache meiner dringenden Bitten, Euch hier zu sehen, war, Euch die Frage zu thun, zu welcher mich Eure Vorbereitung von meiner Walburgis führt, denn nur sie konnte Euch meine Ida verdächtig schildern. – O, mein Vater! Eure Kenntniß der Burgen durch ganz Böhmen, und jeder Familie rings umher, wird meine so lang unerfüllten Wünsche befriedigen. Ihr kennt gewiß die alte Familie der Grafen von **, deren uralte Erbgruft die Marien-Kapelle umschließt, da die Franziskaner vom Berge verbunden sind, jährlich eine Messe am sogenannten reichen Grabe einer Gräfin Ida von *** zu halten. Ihr, mein Vater, könnt mir Unwissenden kund thun, ob eine Veste Hohenbühl sich in dieser Gegend befindet, und ob irgend ein Zweig dieser erst gedachten Familie das Licht zu scheuen hat, oder ob nur Strenge die Schönste des Landes zwingt, bei mir und meinen sorgsamen Freunden ein zweideutiges Ansehen zu tragen? – Ihr werdet aus meiner Rede schließen, daß ichs vermuthe; meine Walburgis hat Euchgewiß alles erzählt, was sie vermuthlich durch meine Oda erfahren, die meinen Umgang mit Ida aus dem Geschlecht der Grafen von ** auf Hohenbühl mit verdächtigen Augen sieht – O! mein Vater, Euer Gewissen wird es Euch sagen, daß es Pflicht des Christen ist, einen guten Namen zu retten, besonders wenn gute Menschen, wie Oda und Walburgis, ihn verkennen könnten. –

Dieser Eifer, meine Katharine – erwiederte Pater Erhardt – ist so edel, daß ich das äußerste wage, Euch aus einem Irrthum zu ziehen, der Eurer gefühlvollen Seele je länger je gefährlicher werden könnte. Ja, mein Fräulein, Walburgis, Oda und Pater Ignaz haben mir jeden Umstand Eures Umgangs mit Ida aus dem Geschlecht der von ** erzählt, und ich bin, ohne auf meine Krankheit, die mich seit lange auf meinem Lager gefangen hielt, Rücksicht zu nehmen, zu Euch geeilt, um Euch zu retten –

Mich zu retten! – rief Katharine erstaunt. – So wäre Ida eine Verworfene, die mich beschimpfte durch ihre Freundschaft?

So wäre sie vielleicht nichts von alle dem, was Ihr muthmaßt, wie ich an Euren Ausrufungen höre. – Kommt, der Abend bricht ein, – wir wollen nach Hause eilen, Eure Dienerinnen werden Euch erwarten! –

Ach, mein Vater! – bat Katharine, könntet Ihr mir die Bitte abschlagen, hier mit mir Ida zu erwarten, und ihr selbst Vorwürfe über das zu machen, was sie an diesem wunden Herzen verbrach, das sie leider! selbst alsdann noch lieben wird, wenn es sie auch nicht mehr achten könnte. – O! mein Vater, führt sie wieder auf den Weg der Ehre, von dem sie gewiß nur jugendlicher Leichtsinn geführt hat.

Ich sehe, – rief Erhardt seufzend – daß ich, um Euer verwundetes Herz zu heilen, Euch noch mehr erschüttern muß doch nur noch kurze Zeit, und eine fürchterlichere

Überraschung nähm Euch Euren Irrthum, jetzt geschieht es nie von Eurem Freunde – jetzt geschähe es in geheiligten Mauern. – Die Nacht kömmt näher – morgen um diese Stunde werdet Ihr wissen, daß ich Eure Ida weder sehen noch sprechen konnte. Kommt, ich führe Euch zu Euren Dienerinnen – meine Pflicht ruft mich zu dem Krankenbett eines meiner sterbenden Freunde. – Schlaft im Namen aller Heiligen ein, und denkt diese Nacht so wenig als möglich an Ida! – Im Namen der Religion gebiete ich Euch, sprecht mit keinem Menschen von unserm heutigen Gespräch bis morgen um diese Stunde – schlaft ruhig – Gottes Engel der Sicherheit wache um Euer Lager! Sobald die Morgenröthe die Nacht verdrängt, fahrt in das Franziskaner-Kloster am Berge, laßt Euch beim Prior melden, und übergebt ihm diesen lateinischen Brief: vorbereitet auf den Ausgang des heutigen Tages, schrieb ich ihn, um ihn Euch zu geben. Bittet ihn auch um das, was meine Bitte ist; verlangt ers, so erzählt ihm Eure Bekanntschaft mit Ida so umständlich, als möglich – er wird Euch eine Schrift geben, die den Titel führt: *Das höfliche Gespenst;* lest sie, und lernt Eure Ida kennen. – Hier reichte der Abt Katharinen den Arm, und eilte mit ihr in das nahliegende Schloß. Auf dem Hofe war, seinem Befehl zufolge, schon sein wartender Wagen; er gab Katharinen, die voll Nachdenken an seiner Seite stand, seinen Segen, und als er schon in den Wagen steigen wollte, bat er sie, nicht allein nach dem Franziskaner-Kloster zu fahren, sondern einige ihrer Dienerinnen mitzunehmen, auch ihnen Befehl zu geben, sich in ihrer Nähe aufzuhalten, wenn sie die bewußte Schrift lesen würde, weil man für keinen Zufall von leiblicher Schwachheit stehen könnte. Auch bat er sie, sich auf außerordentliche Dinge gefaßt zu machen, die sie lesen würde. – Katharine küßte stumm seine dargebotene Hand, und ging, von tausend Gedanken bestürmt, in ihr Gemach – Sie hielt Wort, sprach mit niemand von dem, was sie erwarten sollte, gab Befehl zur morgenden Reise nach dem Franziskaner-Kloster, betete zerstreuter als je – dachte an Ida mit Gluth und grauenvoller Hoffnung, endlich sie zu kennen, und legte sich zu Bette, nicht um zu schlafen, sondern in Fieberangst dem Tage entgegen zu harren – Er erschien, oder vielmehr, die Morgenröthe lies ihn erst hoffen, als schon alles in Katharinens kleinem Schloß geschäftig war, den Reisewagen ihrer ungeduldigen Gebieterin zu rüsten. – Er fuhr vor; sie und drei ihrer Dienerinnen warfen sich hinein, und in wenig Stunden hielt er vor der Pforte des Franziskaner-Klosters. Katharine schien bei dem Abte schon gemeldet, er empfing sie als eine Erwartete. Das Herz schlug der Armen lauter, als sie den Mann sah, der ihr Ida nehmen oder geben sollte. Bebend reichte sie ihm den Brief Erhardts; zitternd vereinte sie ihre Bitte mit der ihres Freundes. Der Prior, ein langer bleicher Mann, voll Würde und sanfter Huld, legte seine Hand auf der Bittenden Stirn, und wünschte ihr Muth, das zu hören, was sie, setzte er seufzend hinzu, hier zu wissen wünschte. Er führte sie in ein kleines dicht vergittertes Zimmer, und holte aus einer dreifach verschlossenen Drute eine Pergamentrolle, die er ihr mit den Worten überreichte: Vergebt der Armen, was sie Euch gezwungen zu leiden giebt, und betet für ihre Ruhe. Amen!

Katharinens Erwartung war aufs höchste gespannt; sie sank, sobald sie allein war, vor dem Bild Mariens, das einen kleinen Altar des Zimmers zierte, nieder, erbat sich Stärke, alles zu hören, rollte die Schriften auf, und las:

»So gewiß ich Frieden wünsche meinem beängstigten Geiste, und diesem müden Leibe eine fröhliche Auferstehung, will ich wahr reden, ohne Furcht für denen, die Gewalt tragen, wie ich einstens reden will vor dem Stuhl der ewigen Wahrheit, Amen! – Graf *** herrschte einstens über die Landschaft rings umher, so weit unser Auge reicht, wenn wir auf jenem Felsen stehen, an dessen Fuß meine einsame Zelle ruht. Er war reich; seine Festen thürmten sich auf allen Gebürgen, von reich befrachteten Schiffen im Ost und Norden wehten seine Flaggen. Hundert geschäftige Hände durchwühlten die Schachte, um ihr Gold für ihn ans Licht zu bringen. Der reiche

Graf wurde er genannt, von allen, die seine Erblande kannten; der Reichste war er unter den Reichen, der Vornehmste unter den Großen – sein Geiz übertraf seinen Reichthum, sein Stolz den hohen Rang, welchen er bekleidete; aber beide Riesenleidenschaften, die ihn aus dem sanften Kreise der Freundschaft und Gefälligkeit stießen, zerschmolzen wie junger Schnee im Strahl der hohen Sonne; man gedachte ihrer Gewalt nicht mehr, wenn man sich sagte, wie sehr er seine Tochter Ida liebte. Ausgeschlossen von seiner Theilnahme war das ganze Menschengeschlecht, denn Ida nur erfüllte sein Wesen; er kannte kein Glück außer ihr, um ihrentwillen liebte er Rang und Gold. Ida war nicht seine einzige Tochter, nicht sein einziges Kind, denn zwei edle Söhne und Rosa, die sanfte Beterin im Clarenkloster, nannten ihn Vater! Aber sein Herz nannte nur Ida Tochter. Ihr gehörten seine Schätze – ihr die Huldigungen seiner Unterthanen – für sie zersplitterte jeder Ritter, der genannt werden wollte, seine Lanze; nur ihre Farbe durfte siegen, ihr gehörte des Vaters stolze Werbung um Gewalt und Fürstenhuth – aber auch nur ihr gehörten des Vaters Ungerechtigkeiten und Sünden. – Ida war schön, wie man Engel mahlt, im Anschauen des Ewigen entzückt! Ihre goldnen Zöpfe waren lang und weich; ihr großes Auge milderte mit Freundlichkeit eines Kindes am Busen der Mutter den Herrscherblick einer Königin, für den ersten Thron gebohren. Wie Schnee auf den nie berührten Gebürgen war ihre Farbe, und selbst der Zorn verschönerte sie. Künstler kamen und gingen, denn der Einklang ihrer Glieder war für Pinsel und Meisel unerreichbar; jede ihrer Bewegungen sprach von Hoheit, jede kleine Bewegung umschwebte namenloser Reiz – war sie heiter, war Freude die Loosung um sie her; ein schwermüthiger Zug um ihre schöne Lippe warf Trauer über die Welt – sie trug Glück und Elend in ihrem kleinsten Wollen für den, welchem sie theuer war – ach! und der ganzen Welt war sie theuer! Ich mühe mich umsonst, das zu sagen, was Ida war, was jedes für sie empfand, die Jugend wie das Alter; über ihr ganzes Wesen strahlte Vollendung. Klug war Ida, wie schön! Feinheit des Weibes, Stärke des Mannes war lieblich verschmolzen in ihrer Seele. Ihre Fantasie war süße und kühn, sie stieg mit dem Helden über blutige Höhen, die noch kein Fuß betrat, und ihre Rede von Freundschaft und Liebe war ein Kranz von sanftfarbigen Blüthen; ihre kluge Rede war so schön, war so lockend, daß der Zuhörer oft den Sinn gut und edel glaubte, weil seine Worthülle so reizend war. Selbst der Fromme fand Andacht in ihrem Leichtsinn, der Gute in ihrem Spott herzliche Güte, denn Ida täuschte wen sie wollte. Laut jauchzte der stolze Vater über die allgemeine Verehrung seiner Lieblingin, und nichts war ihm zu theuer, sie noch höher – immer höher zu erheben, aber ihre sanfte Mutter trauerte, ihre Schwester weinte – und Tausende, die zu klein in Ida's Augen schienen, um sich ihretwegen zu verstellen, verfluchten die stolze Ida. Ach! sie war falsch, treulos, boshaft, eines Teufels werth sie brachte ihre Brüder um die väterliche Liebe, um die väterlichen Güter ihre höllische List. Um sie wahrscheinlicher zu machen, verstrickte sie selbst ihre ehrwürdige Mutter in den Verdacht des Einverständnisses mit ihren Söhnen, edel und fromm wie ihre Mutter, den alten Grafen zu morden. Er glaubte ihr – und da er ihr glaubte, war es mehr als Menschengüte, nur seine Söhne enterbt in entfernte Lande zu treiben, nur sein Weib als Gefangene zu halten. Auch diese Güte und Milde war Ida's Werk, nicht weil sich für Brüder und Mutter eine Stimme in ihrem Gewissen, in ihrem Herzen regte, nein! dieses war bei Ida nicht möglich! aber die Schlaue fürchtete bei härterer Strafe eine genauere Untersuchung. – So erreichte sie ihren Zweck, ohne selbst von Brüdern oder Mutter angeklagt werden zu können, und ihr Vater sank fast nieder, wenn er sich seine Ida als bittenden Engel seiner Familie dachte – sie gewann was sie wollte, und verlor nichts. Die Güter ihrer Brüder wurden bis auf einen geringen Theil, zu ihrer Morgengabe geschlagen – und die Einzige, welche sie durchsah, und ihr vielleicht bei ihrem Vater schaden konnte, ihre Mutter, beweinte in dem einsamsten Flügel des weitläuftigen

Schlosses die Stunde, wo sie Ida gebohren. Denn auch der Ehrfurcht gebietende Muttername hielt die Frevlerin nicht ab, die zu kränken, welcher die Welt keinen Vorwurf machen konnte, als daß sie Ida das Leben gab. Ihre prunklose Tugend paßte nicht in den glänzenden Cirkel, welcher den Grafen und seine Tochter umschloß, und ihr mißbilligender Blick, konnte er nicht einmahl von ihren Bewunderern belauscht werden, wenn er mit schmerzlicher Wehmuth auf der stolzen Tochter weilte? Ida gieng so weit, daß sie sich ihrer Mutter schämte – daß sie es gern sah, wenn man ihr zu gefallen glaubte, daß ihre kluge achtungswerthe Mutter nicht zu allen Zeiten ihrer Sinne mächtig sey. So lange die alte Dienerschaft sie umgab, war dieses nicht möglich; ein Wort, und ihr Vater verwies seine treuen Diener theils mit, theils ohne Gehalt, je nachdem sie sich viel oder wenig mit Wahrheit gegen Ida vergangen, aus seinem Hause, in welchem viele den Tag feyerten, wo er gebohren wurde. Ein feiles Schmeichlerheer kroch jetzt zu Ida's Füßen, und sprach mit bedaurendem Achselzucken von der Krankheit der armen Gräfin – so wie es ihre unnatürliche Tochter wollte. – Es gehörte alle die Sanftmuth, alle die Erhabenheit der Seele dazu, welche die Dulderin besaß, um nicht nicht würklich das zu werden, was man wünschte, daß es die Welt glauben sollte. Aber dieses mit einer Frömmigkeit verbunden, die nicht verzweifelt, wenn das Heute trübe ist, weil ein lichter Blick jenseits des Grabes den kommenden Tag heiter sieht, stärkte sie, und selbst in ihren schmerzlichen Thränen war sanfter Trost. Sie war, so wie es Gatte und Tochter wünschte, für alle ihre Verwandten gestorben, jeder Bote ihrer Kinder, ihrer Freunde wurde auf Irrwege geleitet, oder die Antworten auf ihre Sendschreiben waren so, daß sie endlich mit tiefer Trauer dem allgemeinen Gerücht glauben mußten, die klügste Frau auf viele Meilen umher sey wahnsinnig.

Denkt euch, lieben Leser, was sie fühlen mußte, wenn man es ihr selbst sagte, daß dieses Gerücht ihre Freunde glaubten, und sie ihm nicht widersprechen konnte! – Freylich im Anfang ihrer Leidensperiode, da sie die schwache Seele Ida's, und die sündige Schwäche ihres Gattens für seine Tochter noch nicht so ganz kannte – freylich wagte sie da einigemal die Bitte, ihr Leben in einem ihr verwandten, oder auch in einem ihr ganz fremden Kloster zubringen zu dürfen; aber konnte die Gräfin wohl in ganz Böhmen unbekannt seyn? und wenn man sie kannte, würden ihre Thränen nicht die Frage: warum reißt Ihr Euch aus dem Schoose Eurer Familie, und verbergt Euch im Schatten des Klosters, da nur hoher Rang Euch die glänzendsten Titel anweist? würden ihre Thränen alsdann diese Fragen nicht zur Schande ihrer nächsten Anverwandten beantworten? Die fromme Gräfin sähe sich in ihrem väterlichen Erbe gefangen, und ihre Thränen suchte die lindernde Hand Gewohnheit zu trocknen, als sich der Morgen röthete, der Ida's Frevel vollendete, und ihrer Mutter das Herz brach. – Ein reicher Fürst warb um Ida's Hand, er kannte nur ihr Gold, ihre Schönheit; in fernen Landen, wo seine Güter lagen, konnte er nicht auch ihr Herz kennen. Ihr Vater gab ihm sein Ja voll Entzücken, denn seine Tochter wurde ja Fürstin; Ida war wonnetrunken, als ihr ihr Vater den vornehmen Freyer nannte, – nicht seine Reitze, nicht sein edles Herz, denn das kannte sie nicht, seyn Fürstenhut erhielt ihr Ja.

Die ganze Gegend schmückte sich zu hochzeitlichen Festen, alles, was die Erscheinung der stolzen Braut verherrlichen konnte, wurde aufgeboten, um den glänzenden Tag ihrer Verlobung zu erheben, von Juwelen glühten die bräutlichenGewänder, wie der nächtliche Himmel in einer wolklosen Nacht. Die hohen Schenktische waren mit goldnen und silbernen Geschirren belastet, die zahlreiche Dienerschaft prangte in reichen Kleidern, und selbst einige der edlen Dirnen ließen sich erkaufen, die Reihen ihrer Sklaven zu führen, die sie zum Traualtar geleiten sollten; eine einzige war im ganzen Schloß, welche es wagte, die ungeheuren Prunkanstalten zu tadeln – es war die alte ehrwürdige Erzieherin in Ida's ersten Jugend, da sie noch nicht glaubte, daß ihr der Liebling ihres Herzens diesen Kummer machen würde, wie es in der Folgezeit geschah. Bey näherer Kenntniß von Ida's Herzen, da die gute Alte mit tiefem Schmerz sahe, daß alle ihre Gebete um Ida's Besserung nicht erhört wurden, hatte sie längst schon um eine Stelle im Kloster gebeten; aber wir wissen ja, was Ida und ihr Vater für Gründe hatten, dergleichen Bitten abzuschlagen, und Frau Agnes blieb, und weil sie nicht so wichtig war als die unglückliche Gräfin, so verlebte sie ihre Tage ziemlich ruhig in einem abgelegnen Gemach des großen stolzen Gebäudes, wo so oft lärmende Freude rauschte, und hatte es fast vergessen, daß sie so glänzende Nachbarschaft hatte, als ihr Botschaft von ihrem Herrn kam, ihn mit ihrem Besuch zu erfreuen.

Die gute Matrone wußte nicht wie ihr geschähe, als ihr Fräulein Ida so gar freundlich entgegen kam, und ihrer lieben Mutter, wie sie ihre Erzieherin herablassend nannte, liebevoll die Hände drückte. Doch Frau Agnes kannte die schlaue Ida zu gut, als daß sie diese Scheingüte für mehr als was sie war hätte nehmen sollen; mißtrauisch frag sie, welchen Dienst ihr Herr von ihr verlangte, und Ida fand es langweilig, lange für ihre alte Dienerin eine beschwerliche Maske zu tragen, die ihr hier wenig Vortheil brachte; ihr Stolz rufte ihr zu: hier darfst du nur befehlen! Mit einem Ton, der es sagte, daß sie beleidigt war, daß sich Agnes unterstanden, sie für das zu halten, was sie war, that sie ihr kund, wen sie künftig in ihr zu ehren hätte: zugleich wurde ihr befohlen, die Ehre, der hohen Braut am Verlobungstage die Schleppe zu tragen, mit gebührender Ehrfurcht anzunehmen.

Agnes würde sich gefreuet haben, wenn ihr ihre Freundschaft für ihren Zögling diese Stelle angeboten hätte; ob sie wohl darauf hätte rechnen können, der fürstlichen Braut zur Seite zu gehen, denn war sie ihr nicht Mutterehre schuldig? machte nicht selbst ihr Rang (sie war eine Edle) sie dieser Stelle würdig? und nun wurde ihr befohlen, nun wurde zu ihr gesprochen wie zu der niedrigsten Dienerinnen einer. Es schmerzte der guten Alten, eine schwere Thräne rollte den bleichen Wangen herab, an welchen sonst Ida's schuldlose Kindheit oft sanft schlummerte. Aber weder ihre Seufzer noch die sie anklagende Thräne bemerkte Ida, ihr stolzer Blick weilte nur auf prunkvollen Gegenständen.

Ihr Brauttag kam immer näher, mit jeder Stunde wurden die zerstreuenden Geschäfte mannichfaltiger. Ida hatte der rührenden Scene mit der guten Agnes schon längst vergessen, als man ihr meldete, daß ihre bestimmte Schleppenträgerin, denn nur als diese hatte die gute Frau Werth für die undankbare, von einem tödtlichen Fieber aufs Krankenlager geworfen sey, und unmöglich der Ehre werde theilhaftig werden können, die man ihr zugedacht hätte. Ida fühlte so ganz, wie wenig Agnes diese zugedachte Ehre für Ehre gehalten hatte, daß sie an der Heftigkeit des schnellen Fiebers so lange zweifelte, bis sie mit dem Hauspfaffen Rücksprache gehalten.

Dieser unselige Mensch, dessen Gewissen jedem Käufer feil war, war oft der vertraute Rathgeber Ida's; diese sah seine elende Denkungsart ein, und verabscheute sie, denn sie war reich, und nannte ihren Stolz, ihre Eitelkeit und alle jene unzähligen Laster edel, weil sie nur sie selbst betrafen, und nicht kaltes Geld; aber er war ihr oft behülflich, für Geld das auszuführen, was jener ihre Leidenschaften gern ausgeführt haben wollten. Jetzt war die wichtige Frage: wer soll Agnes' Stelle, die, ehe sich der Tag neigte, nur noch Stunden zu leben hatte, ersetzen?

Der Zug ihrer übrigen Dienerinnen war geordnet, keine war zuviel, und ihr Stolz litt unaussprechlich, daß sie jetzt eine zu wenig haben sollte – und noch dazu, die vorzüglichste sollte fehlen! Das Gemälde war zu reizend, wenn die graue Würde der jugendlichen Schönheit nachtrat, als daß es Ida so leicht hätte verwischen können. Man sann hin und her sogar der alte Graf machte sich diese Sache so höchst wichtig, daß alles darüber in Bewegung kam. Wo sollte man jetzt in der nöthigen Eile eine Dame finden, deren tugendhaftes Alter gleichsam dem jungen Ehemann Bürgschaft stellte, für seiner Vermählten tadellose Erziehung? jeder schickliche Vorschlag wurde verworfen, um den teufelischsten zu genehmigen.

Ida stand in Gedanken; eine glühende Röthe stieg auf ihre Wangen, ihr Auge funkelte, senkte sich zur Erde, als wenn sich selbst ihr körperliches Auge für den Vorschlag ihrer Seele schämte. – Doch eben kömmt der erste Bote, um die nur noch um einige Meilen weite Anwesenheit des fürstlichen Bräutigams zu verkündigen. Sie unterdrückte schnell das letzte gute menschliche Gefühl, und lispelte den verworfnen Pfaffen zu: ich wüßte wohl noch eine, die Agnes' Stelle auf die festliche Stunde leidlich ersetzen könnte, – Vorurtheil, mir von der frömmelnden Agnes an meiner Wiege gesungen, macht mich schwach genug, zu wünschen, daß Ihr, mein ehrwürdiger Freund, ihren Namen zuerst meinem Vater nennen möchtet. Ich bin von der Klugheit meines Vaters überzeugt, daß er nach dem ersten Augenblick das vernünftig nennen wird, was ihm erst unbillig scheinen könnte, zumal wenn ich es verlangte; besser ist es, er bietet mir an, und ich scheine ihm mein Ja als Gehorsam zu opfern.

Gleichgestimmte Seelen hallen einen Ton, sie verstehn sich in jeder kleinsten Wendung – oder vielmehr der Heuchler Satan im Gewand der Kirche dachte das, was Ida empfand, schon ehe ihre Gefühle sich in Worte kleideten. Ohne nur einen Augenblick zu brauchen, um zu wissen, welches Geschöpf ausersehen war, die leere Rolle zu füllen, bückte sich der elende Schmeichler, und nannte das recht und billig, was sich selbst die gottlose Ida nicht zu sagen getrauete.

In einer Stunde eilte schon der alte Graf zu Ida, und bat sie, ihrer Mutter zu erlauben, ihr die Schleppe nachzutragen.

»Aber mein Vater, denken auch alle so klug wie Ihr? sind alle, die uns sehen werden, von Vorurtheil frey wie wir?« Ohne Sorge, mein Tochter! wer kennt hier die alte Frau? sie ist trübe und still, und sollte sie es wagen, laut zu werden, so heißt sie wahnsinnig, und ihr wahrer Stand bleibt ein tiefes Geheimniß; Pater Felix ist schon zu ihr, um ihr meinen Befehl zu überbringen. – Pater Felix war gegangen, der Gräfin den Willen ihrer Tochter, den Befehl ihres Mannes zu bringen. Diese Botschaft war zu unvermuthet, als daß die gebeugte Frau ihren Schmerz hätte durch Klagen erleichtern können; sie drückte ihre gefalteten Hände schrecklich zusammen, in ihrem empor gerichteten Auge flammte der mütterliche Fluch; keine Thräne rollte über ihre Wangen, kein Seufzer entschlüpfte ihrer wogenden Brust. Mit kalter schrecklicher Ruhe im starren Blick trat sie in langem schwarzen Gewand und fliegendem Haar an der Hand des Pfaffen in den bunten Reihen, der die schöne Braut erwartete. Jedermann wich der fremden Matrone aus. Ihr Ehrfurcht gebietender Blick, der hohe Anstand räumte ihr ungefordert die erste Stelle ein; alles zog sich mit innerlichem Schauder zurück, um der hohen Dulderin Platz zu machen, die die Sünden eines ganzen Geschlechts zu tragen schien; jeder Blick hing an dem thränenvollen Auge der Fremden. Nur Ida hatte keinen Blick für ihre Mutter, sie hatte ihren Ursprung vergessen, und hoffte, ihn hätte jedes vergessen.

Die Erscheinung der Gräfin hatte eine lange Pause verursacht. Schon sah man die ersten Boten, die den kommendenBräutigam verkündigten, und noch schien ein wunderbares Grauen den ganzen Zug zu fesseln; aber Felix kam jetzt, dessen Gefühl für jeden Schauder vor Freude und Entsetzen unempfindlich war. Er war's, der der alten Gräfin den Befehl ihres Herrn noch einmal zurief, und ihr Glück zu der Ehre wünschte, die sie heute genießen sollte. Die Arme sah ihn starr ohne Thränen an, aber ihr Blick machte aller Blicke zur Erde sinkend, – nur Felix und Ida sahen ruhig umher, und der erste gab der Mutter die Schleppe der Tochter in ihre kalte bebende Hand.

Still von dem Gefühl der Mutter! still von dem teufelischen Triumph der unnatürlichen Tochter! Der Zug begann – da zog sich ein schweres Gewitter von Osten herauf, und verhüllte den Tag! Fürchterlich brüllte der Donner, siebenfach schleuderte ihn das Echo der bebenden Felsen an das Ohr der zitternden Hochzeiter; ein Sturm wild und schrecklich, wie die Gegend noch nie schüttelte, zerriß die schwarzen Wolken und zerbrach die Bäume, wirbelte alles in erstickenden Staub, und jagte alles in namenloser Furcht vor sich her; die fliegenden Fahnen des Brautzugs waren schon längst sein Raub, die Schleyer der Jungfrauen wogten von dem Wipfel der Eichen, die alten keuchten am Boden und Ida's Brautkranz, trotz der Juwelenschwere, flatterte dem nahen Beinhause zu an der Kirchmauer, in der sie als Fürstin getrauet werden sollte. Voll Wuth, daß sie den Elementen nicht gebieten konnte, wie ihren Dienern, von dem allgemeinen Schauder ergriffen, der sich ahndungsvoll über alle Wesen ergoß, vom nahen Untergang stand Ida, und ihre Zähne schlugen mit innerer Verwünschung zusammen; da schien die ganze Gegend in dem blauen Lichte des Blitzes zu zerschmelzen, da fuhr sein feuriger Strahl herab, und als sich der alte Graf von der todtenähnlichen Betäubung, in welcher er viele Stunden lang die Bemühungen seiner Freunde vereitelte, erholte, zeigte man ihm den zerschmetterten Leichnam seiner Tochter. – Er sank zurück in kalte Fühllosigkeit, erwachte zu neuem Schreck, der ihn wieder in die Arme des Todes zu werfen schien, und erwachte wieder, um gränzenloses Leid zu tragen bis an seinen Tod.

Ida war das einzige Wesen, an welchem seyn Herz hing; mit Ida wurde sein Stolz, seine Liebe zum Leben begraben, – er behing diese Leiche seines Alles mit allem was ihm theuer, oder vielmehr er behing die Leiche mit allem, was ihm eigentlich um Ida's Willen theuer gewesen war; gestorben war sein Stolz, sein Geitz, seine Prachtliebe, alles dieses besaß er nur noch, um ihr Grab zu schmücken. Er ließ vor ewigen Zeiten die reiche Gruft bey der Marien-Capelle bauen, und die berufnen Künstler aus fernen Landen bemüheten sich, das stolze Verlangen des untröstlichen Vaters, Ida zu Ehren für Jahrhunderte zu erfüllen.

Zwölf Tage stand Ida's Leiche zur Schau für Spötter und Neider. Sie lag da in ihrem reichsten Brautkleide, ihre Haare durchflochten Juwelen, ihre Hände, ihren Hals umwanden die reinsten Perlen, – die Armen seufzten nicht über den Verlust der jungen Verstorbenen, nicht über den Schmerz des grauen Vaters, der an ihrem Sarge verzweifelte. Ach! riefen sie, eine der köstlichen Spangen könnte uns und unsere Kinder beglücken, und das kalte Grab soll das in seinen Abgrund reißen, was auch von unserm Schweiß und Thränen so bunte Farben spielt! – War es der Stolzen, riefen ihre Gespielinnen, nicht genug, uns im Leben durch ihre beispiellose Pracht in allen Kreisen zu verdrängen, glaubt sie die Verwesung selbst neidisch zu machen? – Ihre ehemaligen Buhler schlichen sich fort, denn ihr zerschlagener und entstellter Körper trug nicht mehr das Bild ihrer eitlen Anbetung. Freunde hatte sie nicht, denn selbst die Thräne ihrer Mutter floß nicht auf ihrer Leiche; bezahlte Gebete murmelten die geistlichen Lippen, von welchen das Herz nichts wußte, und die schlechtesten der Miethlinge wachten an ihrem köstlichen Sarge, und selbst diese flohen nach der ersten Nacht, und warfen das Gold, das sie lohnte, weit von sich, – es kamen andre, und machten es eben so, denen wieder andre folgten, so daß man endlich doch sich entschließen mußte, dem alten Grafen begreiflich zu machen, daß ein längerer Aufenthalt unter den Lebendigen die geliebte Leiche vielleicht noch dahin bringen könnte, daß man ihr ein Grab in geweihter Erde mit Recht versagte. Ein nahmenloses Etwas, ein grauenvolles Gemisch von kaltem Schreck, banger Furcht und Entsetzen hielt sich um Ida's Sarg auf, und verjagte ihre Wächter, so geldgeitzig sie auch der alte Vater wählte. Schon einige Mal riefen die Wächter: sie lebt! sie lebt! aber es war nicht der Ton der Freude. Auch selbst ihr Vater bebete bey diesem Geschrey: denn Ida's

Herz stand ja in demselben Augenblick, als man ihr Erwachen rief, auf seinem Betpulte, und der erschütternde schreckliche Augenblick, wo ihr zerschmetterter Leichnam vor seinen Füßen lag, stand mit allen gräßlichen Gefühlen vor ihm da. Er wankte bebend in den schwarz ausgeschlagenen Saal, und wagte es kaum, nach dem Sarge zu blicken, weil er ein namenloses Etwas zu fühlen anfing, das ihm noch schrecklicher als Ida's Verlust war. Die Leiche lag noch da in ihrer traurigen Pracht, und der Graf ermannte sich, das Traum zu nennen, welchem sein inneres Gefühl einen andern Namen gab. Aber die bleichen Diener erzählten den ersten Tag wie am letzten, den sie durchlebten, daß ihr Fräulein, ob sie gleich ihr Herz in ihres Herrn Betzimmer wüßten, ängstlich Odem geholt, gräßliche Töne innerer Qual hören lassen – daß sie am andern Morgen jederzeit anders gelegen, als in der ruhigen Lage, wie man eine Leiche zu legen pflegte – ja daß sie sich endlich gar in der letzten schrecklichen Nacht, als ihre Kammerfrauen sichs zugeflüstert hätten, daß jene unbekannte Matrone, jene ehrwürdige Schleppenträgerin an dem unglücklichen Brauttage, die gekommen und verschwunden sey, ohne daß man wisse woher und wohin – gar die Mutter der Verstorbenen gewesen seyn sollte, wie die Sage unter den ältesten der Unterthanen ihres Herrn ging; und daß wenn diese Sage Wahrheit sey, die Vorgänge dieser Tage sehr natürlich, und Gott gerecht wären, der der armen Seele gnädig seyn möchte, wie ja die fromme Matrone es selbst gebeten hätte, als man sie das letztemal bey Ida's Leiche gesehen, – sich zu ihrer aller Entsetzen die Leiche schnell aufgerichtet, als wenn sie von unsichtbaren Händen gewaltsam empor gerissen worden. Ihre langen Haare drehten sich um ihr blasses Gesicht im Winkel – ihre leblosen Augen starrten auf, – ihre Hände schlugen sich krampfhaft zusammen, und Wehe! Wehe! welches das innerste Mark erschütterte, rief ihr bebender Mund. Ein blaues Licht, welches die bleichen Gesichter der bis zum Tode erschrockenen Diener noch schrecklicher bleichte, flammte um den Sarg, und schlängelte sich von ihm bis zum Eingang, und ein pestartiger Rauch umzog sich wie Gewitterwolken bis an das Gewölbe des Saales. – Den Abend nach dieser Erscheinung wurden alle Glocken geläutet, um Ida's Beysetzung in der reichen Kapelle zu feyern. Am Eingang derselben wurde auf Befehl ihres Vaters der Sarg noch einmahl vor allem Volk, was in zahlloser Menge sich versammelt hatte, geöffnet, um die üblen Sagen zu mildern, die sich unter den Leuten viele Meilen umher verbreitet hatten; aber der goldne Deckel flog schnell wieder nieder – denn Ida's Gesicht zeigte die Qual der Verdammten. Mit kaltem Schauder floh alles von dem Grabe und betete: Laß unser Ende nicht seyn wie das Ende dieser!

Ich lag auf meinem einsamen Lager, und hatte Gedanken des Wandels aller Dinge hienieden, und mein Gebet um Wahrheit des Rechts und Unrechts war heiß; da tönte Mitternacht vom grauen Thurm unsers Klosters; nie erschütterte mich dieser Ruf der ernsten Stunde so wie jetzt! Ein leiser fröstelnder Schauder floh über mich hin, wie die kalte Hand des Todes! Sturm erhob sich fürchterlich, trillte die Fähnleins, schüttelte die hohen Bäume, schlug ihre ängstlich rauschende Zweige an die Fenster meiner Zelle, und kräuselte das rasselnde Laub um die Gräber am Fuße unsrer Mauern. Ich hatte oft Sturm gehört – er hatte schon in meinen Locken gewühlt, wie jetzt in Bäumen und dürren Blättern, ich war auch alsdann allein auf meinem Lager wie jetzt; aber die tausendfachen Schrecken fühlte ich nur in dieser entsetzlichen Nacht! Plötzlich flogen die Thüren meiner Zelle ächzend auf; ein Licht wie Schwefel umgaukelte jeden Gegenstand meines Gemachs; nur mein kleiner Altar stand dunkel – da säuselte es wie ängstliches Gestöhne zu mir herauf, da wirbelte der Sturm stärker – da flatterte die Schwefelflamme höher, und Ida, schrecklich in das blaue Licht verhüllt, stand mit gräßlicher Gestalt vor meinen starren Augen. Wehe! Wehe! rief sie mit einem Tone, der jedes Ohr von Fleisch verschonen möge – mir schüttelte er mein Mark in den Gebeinen: »Ich bin gerichtet! rastlose Wanderung, bis ich eine finde, boshafter und stolzer als ich. Setze auf, Alter! meine Geschichte, schreib nach der reinsten Wahrheit! Ich muß dir es heißen, es ist die erste Stunde meiner Demuth! Wehe! wehe! mein geistiges Auge erreicht nicht ihr Ende!«

Als ich mich wieder fand in dieser Hülle von Staub, dämmerte ein stiller Morgen vom Hügel, und ich befolgte den Befehl der armen Sünderin, raffte mich auf von meinem Lager, und schrieb, wie die Wahrheit wollte, ihre Geschichte. Jeden Abend umzischte mich das blaue Feuer, welches mir damahls in jener schrecklichen Nacht ihr Daseyn kund that, und einige Mal erhob sich auch ihre bleiche Gestalt, wie in Spinngewebe verhüllt, aus den Flammen, als ich auf Ausdrücke sann, die ihr Verbrechen mildern könnten – ich verstand ihre bittende Miene, und ließ strenge Wahrheit reden. Seit der Vollendung dieser Schrift, welche ich dem Claren-Kloster bestimmte, welches die reichen Spenden von Idas Vater genießt, sah ich Idas Schatten nicht wieder. Nur den Befehl flüsterte sie mir in einer stürmenden Nacht von schwebenden Träumen umgaukelt, zu: Jeder, und jedem, den irgend ein Zufall dazu veranlasse, nach ihr zu fragen, in diesem oder kommenden Jahrhunderten, dieses ihr Leben zur heißen Warnung für Frevlerinnen, die es vergessen wollen, daß sie ihren Müttern die tiefste Ehrfurcht schuldig sind, mitzutheilen. Ich habe gethan was recht ist, und bete zu dem strengen Richter: Vergieb der Büsenden! schwer ist ihr Leiden! – Frommer Leser, fromme Leserin! bete für die modernden Gebeine im reichen Grabe, daß die arme gequälte Seele endlich Ruhe findet, Amen!

Grausen sträubte Katharinens Haar aufwärts, als sie das Amen des alten Schreibers las; sie gab das Manuscript noch denselben Tag zurück, bezahlte viel Seelenmessen zum reichen Grabe, eilte auf ihr kleines Gütgen, aber die heitere Ruhe war aus ihrer Einsamkeit geflohen – sie konnte in der Gegend, wo ihr Ida so oft als liebe Gespielin, als hoffende Freundin war sichtbar geworden, nicht einen Augenblick allein seyn; überall sah sie Ida; Ida die Mutterverächterin, die Frevlerin, die Gerichtete, das Gespenst Ida: sie wagte es nicht noch einmahl, selbst am lichten Mittag ihr Denkmahl der Liebe zu besuchen. Alle die sanften Gänge, sonst so traulich durch Einsamkeit und himmlische Stille, umschwebte Grausen, welches ihr Blut erstarrte, und sie weit von der lieben Gegend trieb, die ihr einstens ihres Herzens tiefste Wunden verband. Sie ließ, zum Erstaunen aller ihrer Leute, die mehr als tausendmahl von ihr die Versicherung gehört hatten, hier wollte sie ihr Leben endigen, eilig einpacken, und so ganz alles, daß man wohl sähe, daß es keine Reise für Monate nach Prag war, wie man erst glaubte. Die letzte Nacht, welche sie auf ihrem kleinen Gute schlafen sollte, beschloß sie, im Zirkel ihrer Dienerinnen zu durchwachen, und da sie mit allen ihren Geschäften fertig war, als die Mitternacht ihre tiefe Stille über die vom schönsten Mondenschein umfloßnen Fluren goß, so glaubte Oda, daß diese letzte Nacht noch der schönen Ida bestimmt sey. Sie suchte Schleyer und Handschuh für sich und ihre Dame, und machte die Bemerkung, daß da in diesen Sommertagen die Nächte so kurz, ihr Fräulein wohl würde eilen müssen, um ihre Entschuldigung wegen der Flucht von diesen Gegenden zu endigen. Bey wem soll ich mich denn entschuldigen? und noch diese Nacht? frug Katharine verwundert. – Wie? rief Oda, wollt Ihr nicht Abschied nehmen von der reizenden Ida? – Kalter Schrecken floß bey diesem Nahmen über die bebende Katharine: schweig! rief sie; schweig, Oda, von dieser auf ewig, und wenn dir mein Friede lieb ist, wenn du mich nicht sterben sehn willst, verwische jedes Wort der Frage über diese Ida. Kein Augenblick der Erinnerung von den Tagen seit ihrer ersten Bekanntschaft gewinne Raum in deinem Gedächtniß, und wenn du dein Fräulein liebst, so laß alles, alles, alles was uns mit ihr begegnet ist, wo, wenn, wie wir sie gesehen haben, was wir mit ihr gesprochen haben, selbst jede Muthmaßung über sie und ihr Geheimniß für einen schweren Traum gelten. – Oda schwieg, und folgte ihrem Fräulein nach einem kurzen Aufenthalt in Prag nach Sachsen, wo sie in einer sanften aber sehr lebhaften Gegend dem Andenken ihrer treuen Liebe lebte, und nach wenig Jahren starb. Oda, durch das Vermächtniß ihrer Dame Besitzerin des Gutes in Sachsen, glaubte sich nach dem Tode ihrer Herrschaft nicht länger verbunden, die Geschichte von dem Wesen Ida's, die sie unter den Papieren Katharinens aufgezeichnet fand, geheim zu halten.